을 유 세 계 문 학 전 집 · 112

물망초

을유세계문학전집 · 112

물망초

勿忘草

요시야 노부코 지음 · 정수윤 옮김

을유문화사

옮긴이 정수윤

경희대학교를 졸업하고 와세다대학교 대학원 문학연구과에서 석사 학위를 받았다. 옮긴 책으로 디자인 오사무 전집 『만년』 『신햄릿』 『판도라의 상자』 『인간실격』, 아쿠타가와 류노스케 『문예적인, 너무나 문예적인』, 미야자와 겐지 『봄과 아수라』, 일본 산문선 『슬픈 인간』 등이 있으며, 지은 책으로 『모기소녀』, 『날마다 고독한 날』이 있다.

을유세계문학전집 112
물망초

발행일 · 2021년 5월 30일 초판 1쇄
지은이 · 요시야 노부코 | 옮긴이 · 정수윤
펴낸이 · 정무영 | 펴낸곳 · (주)을유문화사
창립일 · 1945년 12월 1일 | 주소 · 서울시 마포구 서교동 469-48
전화 · 02-733-8153 | FAX · 02-732-9154 | 홈페이지 · www.eulyoo.co.kr
ISBN 978-89-324-0505-6 04830 978-89-324-0330-4(세트)

서문

시냇가 기슭에 홀로 피어난
은은한 하늘빛 작은 물망초
물보라 밀려와 입맞춤하고
아무도 모르게 잊히어 가네*

이 책에는 이런 이야기를 쓰고자 합니다. 이 세상의 여자아이가 한 번은 지났을 법한, 그런 날도 있었지—— 하고 미소 지을 법한, 혹은 멀리 떠나온 자신의 어린 시절을 그리워하며 쓸 법한 것들. 아아, 보랏빛 한 송이 물망초를 그대 두 손에 드립니다.

노부코

차례

서문 • 5

프롤로그 • 9
- 학급 분류 • 9
- 세 유형 • 12
- 어느 날 그녀들 • 14

마키코의 집 • 19
요코의 집 • 25
블랙 탱고 • 29
가즈에의 집 • 45
선물 • 51
아버지와 아이들 • 57
우리는 무엇을 할 것인가 • 61
선물 교환 • 67
가즈에의 생각 • 73
여름 계획 • 81
수영 합숙 • 85
범칙자 • 91

벌칙 당번 • 97
비 오는 날 • 105
전화 목소리 • 117
거칠어지는 마음 • 125
마약 • 129
금단의 열매 • 143
아무도 돌보지 않는 아이 • 153
집의 등불 • 163

주 • 183
해설 여자아이들의 세계가 온다 • 187
판본 소개 • 221
요시야 노부코 연보 • 223

프롤로그

학급 분류

여러분, 우리가 수학을 배우는 건
물건 살 때를 위해
예를 들면 잔돈을 받을 때
속지 않고 틀리지 않고
이런저런 대금을 받을 때도
덜 받지 않기 위해

수학 시간이 끝나고 두세 명이 우르르 교실 밖으로 나오며 부르는 노래입니다. 또 복도에서는 이런 합창도 들려옵니다.

파리 파리　장미의 도시 파리
파리 파리　봄바람에 실려 오는

파리 파리 달콤한 너의 향기
우리 마음 꿈에 취하게 하는
오오 파리 로즈 파리*

노래는 대여섯 명에서 일고여덟 명, 나중에는 열두세 명에게까지 퍼져 나가 코러스가 되었습니다.

"시끄러워 죽겠네. 온건파가 또 다카라즈카*를 시작했어."

듣기 싫다는 듯 다소 경멸조로 중얼거리는 녀석들은 강경파입니다.

하지만 온건파 학생들은 아무렴 어떠냐는 듯 느긋합니다.

"너 영화 〈여학생 일기〉 봤어?"

"당연하지, 필립스 홈즈 나오잖아. 〈아메리카의 비극〉에서 호텔 벨보이로 나올 때가 더 멋있긴 했지만."

그렇게 한동안 영화 이야기가 이어집니다.

이들이 이 학교 3학년 A반 온건파입니다. 반에서 3분의 1을 차지합니다.

이에 맞서는 강경파 무리가 있습니다.

이름처럼 하나같이 완고하고 고집스러운 사람들이에요. 그래서 온건파는 강경파를 두고 "어쩜 저렇게 꽉 막혔을까" 하고 깎아내립니다.

강경파 사람들은 빈틈없이 학과 공부를 합니다. 한눈도 안 팔고 교과서만 파고들지요. 그걸 보고 온건파 사람들은 또 이렇게 비평을 합니다.

"겨우 고등여학교* 교과서를 달달 암기한다고 사는 데 무슨 득이 되겠니? 그것보다는 영화나 레뷰*가 우리 인생에 훨씬 도움이 되지."

그렇다고 합니다.

강경파 무리의 머릿속은 '우리 학교의 자랑'이라든가 '모교의 명예' 같은 관념으로 꽉 찬 것 같습니다. 죽은 육상 선수 히토미 기누에*를 숭배하는 운동선수도 있습니다. 도쿄일일신문 주최 진구경기대회에서 가장 열심히 응원하는 애들도 강경파입니다.

그런 날 온건파는 데이코쿠극장이나 호가쿠자* 같은 곳으로 감쪽같이 도망쳐 버립니다. 그러고는 이렇게 말하지요.

"학교를 위해서 좋아하네. 재미도 없는 학교 주제에——."

하지만 강경파의 수도 무시할 수는 없습니다. 한 학급의 3분의 1이니까 온건파와 비슷한 수준입니다.

그리고 둘 중 어디에도 속하지 않는 중립 지대가 남은 3분의 1 사람들입니다.

이 중립적인 사람들은 어떤가 하면 대체로 자유주의자들입니다.

예를 들면 평소에는 평이 좋은 영화든 연극이든 종종 보러 갑니다. 그럴 땐 어엿한 온건파예요. 하지만 시험 기간이 다가오면 어느새 강경파로 돌변해 눈을 희번덕거리며 교과서와 노트로 달려듭니다. 그러니 속마음을 알 수가 없어요. 그릇에 따라 모양이 바뀌는 물과 같다고나 할까요. 그래서 특별히 좋지도 나쁘지도 않은 평범한 사람이 많다고 합니다.

하지만 이런 자유주의자 말고도 극소수의 개인주의자가 있습니다.

'나는 나, 양귀비는 양귀비*'라는 생각을 가진 분명히 독립된 정신의 소유자로, 어떤 모임에도 가입하지 않고 고독한 세계에 사는 사람들입니다.

이런 사람들 중에는 좋아하고 싫어하는 과목, 잘하고 못하는 과목의 차이가 심한 경우가 있습니다.

그만큼 보통내기가 아닙니다. 개중에는 심술쟁이도 있다고 합니다. 학교에서 어느 그룹에도 속하지 않고 혼자 책을 읽으며 생각에 잠기는 타입입니다.

이런 여러 유형 가운데 두드러지는 몇 사람을 소개할까 합니다.

세 유형

아이바 요코[相庭陽子].

무척 예쁘고 대단한 수다쟁이입니다. 학교 갈 때도 코티* 립스틱과 콤팩트를 꼭 챙깁니다. 학교 수업 말고도 프랑스어와 피아노를 따로 배우지만, 그보다는 댄스에 더 재능이 있는 것 같습니다. 아버지는 사업가, 집은 고지마치에 있습니다. 가끔씩 기사가 모는 크라이슬러 자가용을 타고 친구들과 함께 드라이브를 갑니다. 온건파의 여왕입니다. 반에서 부르는 닉네임은 클레오파트라, 이유는 말 안 해도 알겠지요. 클레오파트라가 너무 길다고 줄여서 클레오라고 부른다고 합니다.

사에키 가즈에[佐伯一枝].

강경파 대장, 학급에서 제일가는 모범생입니다. 닉네임은 로봇, 그러니까 인조인간이라고 해요. 이유는 선생님 말씀 잘 듣고 공부만 하는 걸로 봐서 따뜻한 피가 흐르는 진짜 인간 같지가 않기 때문입니다. 아버지는 돌아가시고 어머니가 홀로 어린 세 남매를 키우십니다. 사는 곳은 요쓰야의 구석진 동네입니다.

유게 마키코[弓削牧子].

걸출한 개인주의자. 구릿빛 짙은 피부에 진한 눈썹과 차가우면서도 크고 깨끗한 눈을 가졌습니다. 말이 없고 개성 있는 성격입니다. 모 대학교수 이학박사인 아버지와 병약한 어머니, 어린 남동생과 함께 혼고 모리카와초의 조용한 저택에서 살고 있습니다. 닉네임은 없고, 다만 반 아이들은 '유게 마키코'라는 이름을 입에 담는 것만으로도 엄숙해진다고 합니다.

어느 날 그녀들

4월 말이었습니다. 벚꽃이 지고 가지 끝에 새잎이 흐드러지게 나고 있었습니다.

성미 급한 양품점은 긴자 거리 쇼윈도에 밀짚모자를 진열하기 시작했습니다.

멋으로 레인코트를 팔에 걸친 학생들이 학교 수업을 빼먹고 싶어질 만큼 아름다운 계절이었습니다.

방과 후 밀치락달치락 혼잡한 교문 근처에서 마키코가 가즈에를 불러 세웠습니다. 그러니까 개인주의자가 아주 엄숙하게 강경파 대장을 불러 세운 겁니다.

"가즈에."

"응?"

역시 강경파 스타는 다릅니다. 자기를 부르는 목소리에 정확히 돌아보며 직립 부동자세로 걸음을 뚝 멈췄습니다.

"저기, 노트 좀 빌릴 수 있을까? 내가 학교를 이삼 일 쉬어서 필기 좀 보려고."

마키코가 말했습니다. 그동안 그녀는 환절기 감기에 목이 아파 이삼 일 결석을 했습니다. 노트라면 학업에 충실한 가즈에에게 빌리는 게 제일 좋은 방법입니다.

"그래, 좋아."

사에키 가즈에는 쩨쩨하고 못된 아이가 아닌 듯합니다. 가방을 열며 이렇게 말했습니다.

"지금 여기 있는 거 다 빌려줄까?"

시원시원하게 가지고 있는 노트를 내밉니다.

"고마워. 오늘 밤에 필기하고 내일 곧바로 돌려줄게."

마키코가 또록또록한 말투로 말했습니다.

별 다를 게 없는 대화입니다. 학교 안에서 벌어지는 흔한 풍경입니다.

하지만 그 광경을 처음부터 끝까지, 가만히 지켜보는 사람이 있었습니다. 다름 아닌 클레오 여왕, 아이바 요코입니다.

지금 요코는 마키코가 가즈에에게 노트를 빌리며 고마워하는 모습을 지켜보고 있습니다.

요코는 아마도 속으로, '지루하게 노트는 무슨 노트야. 영화 스틸 사진이라면 나도 많은데——' 하고 생각했을지도 모릅니다.

교문을 나서려는 마키코를 요코가 뒤에서 불러 세웠습니다.

"마키코, 잠깐만."

온건파 여왕이 개인주의자의 최고봉인 마키코를 부른 겁니다.

마키코는 말없이 돌아보았습니다. 요코가 아름다운 미소를 띠며 서 있습니다.

"있잖아, 내 생일날 와 줄 수 있어?"

요코는 교태를 부리듯 고개를 갸웃하며 귀여운 척 말을 걸었습니다.

"어?"

갑작스러운 초대에 마키코는 말문이 막혔습니다. 같이 놀던 친구도 아닌데 난데없이 친한 척 생일 파티에 초대를 하다니요.

"5월 1일이야. 내가 태어난 날, 마리아의 달, 축복의 달. 멋지지 않니?"

요코는 혼자 감상에 젖습니다.

"……."

마키코는 입이 무거운 아이라 아무 말이 없습니다.

"올해는 네가 꼭 와 줬으면 좋겠어. 괜찮지?"

꽤나 고압적입니다.

"지금 당장 대답하기는 힘들겠는데."

마키코도 딱 부러지게 대답했습니다.

"그래? 그렇더라도 꼭 와 줬으면 좋겠다."

요코는 상대가 뭐라 하든 자기 뜻대로 밀어붙이는, 부르주아 말괄량이 아가씨의 태도를 취합니다. 자기처럼 아름다운 여왕의 제안을 같은 반 아이가 거절할 리 없습니다. 자신감 넘치는 클레오 여왕 앞에서, 마키코는 그 아름다움과 권위에도 굴하지 않고 냉정하게 말했습니다.

"갈 수 있을지 없을지 잘 모르겠어."

그렇게 잘라 말하고는 교문을 뚜벅뚜벅 걸어 나갔습니다.

요코는 마키코의 뒷모습을 바라보며, 태어나 처음으로 자존심에 상처를 입은 듯 입술을 꾹 깨물고 그 자리에 우뚝 서 있었습니다.

*　*　*

*　*

——여기까지가 이 이야기의 서곡입니다.

마키코의 집

마키코의 집은 언제나 기분 나쁠 정도로 고요했다.

집 안의 대부분은 아버지의 서재와 거기에 딸린 연구실로 이루어져 있었다.

아버지 유게 박사는 대학교수라는 직책에 만족하지 않고 과학계 제왕을 꿈꾸는 상당한 야심가였다. 그는 조만간 유게과학연구소를 열어 자신의 야심을 쭉쭉 키워 나가고 싶다는 희망에 차서 영향력 있는 자산가들로부터 기부를 받고 있었다.

그런 까닭에 유게 박사는 가정이나 아내, 자식보다 본인의 연구가 훨씬 더 중요했다. 그러다 보니 집 안 분위기는 자연스레 냉랭해졌다. 게다가 불행히도 병약한 어머니 기쿠코 부인은 한 달에 보름 이상 몸져누워 있었으니, 집 안은 늘 불이 꺼진 것처럼 축 가라앉아 있었다.

아버지는 연구실에 틀어박혀 현미경만 들여다보지, 어머니는 병실에서 푸른 꽃처럼 누워 있지, 그러니 마키코와 남동생 와타루는 집에서 둘이 외롭게 서로에게 기대며 자랄 수밖에 없었다.

그날 방과 후 마키코가 어머니 방으로 가서 "다녀왔습니다" 하고 인사했더니, 웬일로 일어난 어머니가 와타루의 스웨터를 짜고 있었다.

"엄마, 오늘은 몸 좀 괜찮아?"

마키코가 물으니 어머니는 "응. 너희들이 외로워하고 있을 생각에 마음이 아파서 오늘은 일어나 봤지" 하고 대답하며 애써 건강한 척 웃어 보였다. 계절은 벌써 봄을 지나 여름의 길목인데, 어머니의 병세는 어째서 나을 줄을 모를까. 마키코는 쓸쓸한 마음으로 어머니를 바라보았다.

"누나, 잘 다녀왔어?"

대학 부속 소학교 교복을 입은 와타루가 누나의 기척을 듣고 벌써 달려 나왔다.

"와타루, 오늘은 엄마 방에서 놀자."

마키코도 동생에게만큼은 밝은 목소리로 말을 걸었다.

저녁이면 아버지 유게 박사도 검은 서류 가방을 들고 현관으로 들어온다.

어머니와 남매가 셋이서 아버지를 맞이하는데, 와타루가 아버지 손을 잡으며 말했다.

"아빠, 오늘은 엄마 안 아프대."

"그렇구나."

아버지는 냉정하게 대꾸하면서도, 남자아이인 와타루는 귀여운지 머리를 쓰다듬었다. 그런 아버지를 조금 떨어진 곳에서 응시하던 마키코의 눈에 아버지에 대한 반항심이 언뜻 스쳐 지나갔다.

그날 저녁, 학자답게 소박한 식당에서 오랜만에 어머니도 함께 식탁에 둘러앉았다.

아버지는 언제나처럼 입을 꾹 다물고 있었지만 옆에 앉은 와타루를 쓰다듬는 건 잊지 않았다.

"와타루, 맛있는 음식 많이 먹고 빨리 커서 대학에 가면 아버지 연구도 돕고 대를 이어야 한다, 알겠지?"

항상 말버릇처럼 하는 이야기이다.

아버지 유게 박사에게 아들은 자기 뒤를 이을 든든한 학자로 보이지만, 장녀인 마키코는 아무래도 좋은 듯했다. 딸은 있어도 그만 없어도 그만인 자식 같았다.

마키코는 그 마음을 잘 알고 있기에 아버지에게 다가가지 않았고, 못마땅한 듯 흘겨보며 반항심 가득한 딸이 되어 가는 자신을 어찌할 수 없었다.

아버지에게 사랑받지 못하고, 자신도 아버지를 사랑할 수 없는 불행한 딸이 여기 있다. 마키코의 학교 성적이 좋은 걸 기뻐하는 건 어머니뿐이었다. 남존여비 사상을 가진 아버지에게 여학생이 다니는 학교 같은 건 아무래도 좋았던 것이다.

밥을 먹으면서도 마키코는 아버지에게 말 한 마디 하지 않고, 어머니하고만 이야기를 나눴다. 학교에서 있었던 일이 가장 주된 이야깃거리였다.

"엄마, 오늘 있잖아, 우리 반 애가 날 자기 생일에 초대했어.

생각지도 못했는데.”

“그랬구나. 누군데? 너랑 친한 친구니?”

어머니 기쿠코가 조용히 물었다.

“아니, 그게 이상해. 반에서 화려하고 놀기 좋아하는 아이인데, 나하고는 전혀 안 어울릴 것 같았거든.”

“저런, 그 친구가 어째서 널 초대했을까?”

“그러니까 뭐라고 대답해야 할지 몰라서 당황했어. 아이바 요코라는 애인데, 아버지는 유명한 회사 사장님이고 엄청난 부자래. 분명 생일 파티도 아주 성대하게 열리겠지.”

우연히 딸이 하는 이야기를 들은 아버지 유게 박사가 말했다.

“뭐, 아이바라고! 그렇다면 고지마치에 사시는 아이바 겐스케 씨의 따님이 아니냐. 재계에서 유명한 거물이시다. 나하고 앞으로 진행할 사업이 있어서 잘 아는 분이야.”

평소 딸의 이야기는 제대로 듣지도 않던 아버지가 아이바 집안의 요코로부터 생일 파티 초대를 받았다는 걸 알고는 주절주절 말을 섞었다.

“그래? 아빠랑 아는 사람이구나.”

마키코는 그야말로 냉담하게 대꾸했다.

“그래서 마키코, 초대는 물론 기쁘게 받아들였겠지?”

아버지의 질문에 마키코는 고개를 가로저었다.

“아니, 나는 거절할 생각이야. 별로 친하지도 않은 애 집에 가기 싫어. 그래서 아까도 갈 수 있을지 없을지 잘 모르겠다고 그랬어.”

마키코의 대답에 박사는 인상을 썼다. 그러고는 마키코가 무슨 잘못이라도 한 것처럼 혼내는 어투로 말했다.

"그건 안 된다. 우선은 아주 실례되는 행동이야. 너는 무슨 일이 있어도 아이바 씨 댁에 가는 게 좋겠다."

반쯤 명령조였다.

"하지만 여보, 마키코가 안 가고 싶다는데 자유롭게 하도록 놔둬요. 학교에서 별로 친하지도 않은 모양인데……."

어머니 기쿠코가 딸 편을 들며 중재에 나섰지만 유게 박사는 더욱 화를 냈다.

"안 돼, 안 돼. 그건 절대로 안 돼. 아이바 씨는 앞으로 내가 세우려는 유게과학연구소에 막대한 기부금을 약속한 분이다. 그런 분 따님의 생일 파티 초대를 마키코가 거절하고 안 가 봐. 아버지 겐스케 씨 기분이 어떻겠어? 나중에 내가 궁지에 처할 수도 있어. 마키코는 반드시 가도록 해라. 지금 당장이라도 아이바 씨 댁에 전화해서 '아까는 죄송했습니다. 기쁜 마음으로 생일 파티에 참석하겠습니다' 하고 답변 드려라. 알았느냐, 마키코."

아버지의 명령에 마키코는 입을 꾹 다물었다. 아빠는 이기주의자다! 성공하겠다는 야심만 가득한 사람이 학자는 무슨 학자란 말인가! 마키코는 아버지에 대한 불만으로 가득 차는 마음이 슬퍼서 눈을 감아 버렸다.

"마키코."

딸이 무슨 생각을 하는지 섬세한 모성은 사랑으로 다 꿰뚫고 있기에, 어머니 기쿠코는 부드러운 위로의 눈빛으로 딸을 부르더니 부탁하는 듯한 말투로 말했다.

"마키코, 아빠가 저렇게까지 말씀하시니 아이바 생일 파티에 가는 게 어떨까. 혹시 다른 속상한 일이 없다면 말이야."

"내 생각엔 그 사람, 누나하고 친하게 지내고 싶어서 생일 파티에 불렀을 거야."

와타루의 천진난만한 말에 마키코는 처음으로 미소 지었다.

요코의 집

봄밤, 화사한 마호가니 테이블이 놓인 창가 너머로 종려나무 잎사귀가 바람에 흔들리며 사각사각 소리를 내고 있다.

그 창문에 그림자를 드리우며, 고풍스러운 범선 모양 스탠드 아래 번민하듯 앉아 있는 것은 요코였다. 쓸쓸한 표정으로 책상에 턱을 괴고 있는 그녀 앞에는 연노랑 종이에 금박 장식을 넣은 소형 일기장이 펼쳐져 있었다. 거기에는 다음과 같은 글이 쓰여 있었다. 펜의 흔적에서 아직 잉크 냄새가 날 것만 같았다.

M. Y.

그 사람을 정복하는 게 지금 내 삶에서 가장 즐겁고 흥미로운 일이다.

열심히 노력해서 반드시 성공하리라.

요코는 일기장을 탁 덮고 책상에서 일어나, 구석에 있는 장의

자로 몸을 던졌다.

"이런 어린애 같은 옷은 빨리 벗어 버리고 싶어."

그녀는 입버릇처럼 말하며 감색 교복을 벗어 던지고는, 실크 실내복에 하얀 술 장식이 달린 붉은 슬리퍼를 신고서, 곱고 부드러운 다리를 꼬고 앉아 빨강과 검정 패턴으로 이루어진 쿠션에 몸을 기댔다. 그러고는 장의자 구석에 우울한 듯 놓여 있는 프랑스 인형을 껴안으며 안달한 사람처럼 "뽀삐, 내 소원을 들어줘" 하고 말했다.

그때 바삐 계단을 오르는 발소리가 나고 문이 열리더니 하녀가 들어왔다.

"아가씨, 전화 왔습니다."

요코는 하녀를 같은 인간이라고도 생각하지 않는지 돌아보지도 않고 물었다.

"누구?"

"혼고에 사는 유게 씨라고 합니다."

그 소리를 듣자마자 요코는 인형 뽀삐를 마룻바닥에 홱 집어 던지고 소파에서 일어나, "뭐?" 하고 눈을 반짝이며 아래층 전화실로 쿵쾅쿵쾅 달려갔다.

"여보세요."

수화기를 들자――.

"나, 마키코야."

M. Y. 예의 그 사람의 냉랭하고 침착한 목소리――.

"음, 무슨 일이야?"

요코가 일부러 시치미를 떼자 마키코가 약간 굳은 목소리로 입을 열었다.

"저기, 아까 학교에서는 미안했어. 초대해 준 생일 파티에 참석하고 싶어."

"어머, 그래? 친절하게 전화까지 다 주고 황송하네. 호호호호호."

요코의 웃음소리와 함께 전화가 끊겨 버렸다.

요코는 승리를 거머쥔 표정으로 의기양양 전화실을 나오며 흥얼거렸다.

파리 파리　장미의 도시 파리
파리 파리　봄바람에 실려 오는

그녀는 랄라라라라 박자에 맞춰 춤을 추며 자기 방으로 들어가더니, 아까 내던졌던 인형을 집어 들고 기뻐 죽겠다는 듯 뺨을 어루만지며 말했다.

"뽀삐, 고마워. 내 소원이 금방 이루어졌네."

루이 14세 시대 때 풍속 의상을 입은 아름다운 프랑스 귀부인 인형은 이 제멋대로인 아가씨 얼굴을 어처구니없다는 듯 멍하니 바라보았다.

요코는 기세 좋게 책상으로 달려가 아까 쓰다 만 양피 표지 일기장을 펼치고 새로이 한 줄을 적어 넣었다.

보라, 나는 못할 것이 없다. 브라보!

그야말로 득의만만했다. 요코는 자신의 아름다움과 화려함, 재능으로 냉정한 개인주의자 마키코를 정복했다는 확신에 자신감이 치솟았다. 요코는 마키코가 왜 그리 서둘러 밤에 전화까지 해 가며 그녀를 기분 좋게 만드는 대답을 했는지는 꿈에도 알지 못했다——.

블랙 탱고

5월 1일.

요코의 생일날.

아이바 저택 응접실은 같은 반 온건파 사람들로 꽉 차 북새통이다.

하지만 오늘 밤 여왕 요코는 어딘가 편치 않은 표정——.

그 이유는? 마키코가 아직 오지 않았다. 벌써 7시가 넘었단 말이다. 식탁은 한참 전에 차려졌어야 하는데——.

유게 박사 집에 전화를 걸어 재촉해 볼까? 그러자니 이쪽 체면이 말이 아니고——. 자존심 강한 요코는 괴롭다.

분명 오기로 약속했으면서 비겁하기 짝이 없네!

"아아, 배고파! 나 이러다 닥치는 대로 잡아먹는 늑대가 될지도 몰라!"

요코의 아버지 회사에 다니며 이 저택을 드나드는 젊은 사원 하나가 느닷없이 소리를 질러 좌중을 웃게 만들었다.

"아직 한 명이 안 왔단 말이에요. 먼저 식사하긴 좀 그러니까."

참다못한 요코가 사실을 털어놨다.

"늦게 오는 사람이 잘못이지. 주인이 그런 되먹지 못한 사람까지 챙겨 줄 필요는 없잖아?"

일찍부터 와 있던 사람이 불평을 늘어놓았다.

"하지만 그 손님은 나한테 아주 중요한 사람이란 말이야."

요코가 못을 박았다.

"허어——."

온건파 친구 하나가 일부러 과장되게 의자 뒤로 등을 획 젖혔다.

"너한테 아주 중요한 사람이 누군데?"

다들 호기심 어린 표정이다.

"잘생긴 남자? 멋있어?"

"아니."

요코가 세차게 고개를 저었다.

"어머나."

"오호——."

"그럼, 여자야?"

"응."

요코가 고개를 끄덕였다.

"누군데? 유명한 배우? 음악가? 미국에서 온 소프라노 가수 미야가와 요시코? 아니면 다카라즈카 사람이야? 쇼치쿠악극부* 사람이야?"

손님들이 흥분하며 오늘 밤 요코에게 중요한 사람을 맞추려 애썼지만 전부 실패로 돌아갔다. 모두 다 아니었다.

온건파 친구들은 서로서로 얼굴을 확인했지만 학교에서 초대된 사람은 한 명도 빠짐없이 와 있었다.

"이렇게 다 모였는데 중요한 사람이 아직 안 왔다니 이상하네."

친구들은 고개를 갸웃거렸다.

"아무튼 그 한 사람에 비해 우리가 대수롭지 않은 존재였다는 건 잘 알겠네."

"비통하다, 비통해."

"나 그냥 집에 갈래."

화난 듯 보이는 성미 급한 사람도 있었다.

소란한 가운데 하녀가 들어와 요코에게 말했다.

"방금 유게 씨가 오셨습니다."

"뭐, 유게라고!"

"그 유게 마키코?"

그 자리에 모인 친구들은 모두 깜작 놀라 벌어진 입을 다물 줄 몰랐다.

유게 마키코가 오늘 여기 온다는 건 아무리 봐도 이상했고, 누구도 예상하지 못한 일이었다.

"어머, 왔구나."

요코가 눈을 반짝이며 날듯이 뛰어나갔다――.

"말도 안 돼!"

온건파 일동은 서로 마주 보며 입도 뻥끗하지 못했다.

요코가 현관으로 나왔을 때, 마키코는 봄 외투를 벗고 있었다. 외투 안에는 나뭇결 모양이 들어간 하얀 모직 원피스를 입었고, 얼굴에는 과한 화장기 없이 부드럽게 볼터치를 하고 립스틱만 발랐는데, 요코에게는 그 모습이 무척 멋있어 보였다.

"지금까지 널 기다렸어. 잘 왔다. 어서 식당으로 가자. 다른 손님들이 배고프다고 난리야."

요코가 약간 교태를 부리듯 마키코 곁에 바싹 다가서며 말했다.

"고마워. 하지만 저녁은 벌써 먹고 왔어. 엄마가 아파서 누워 계시고 아빠는 늦게 오시니까 저녁은 거의 매번 남동생하고 둘이 먹거든. 혼자 먹게 놔두면 불쌍하잖아. 미안해."

마키코는 진심으로 사과했다.

"어머——, 너무해——. 그럼 아무 소용없이 기다린 거네."

요코는 원망스럽다는 듯 부드럽게 마키코에게 눈을 흘겼다.

"하는 수 없지. 그럼 식당에 있기만 해 줘. 그건 해 줄 수 있지? 내 옆자리야. 벌써 네가 오늘 밤 제일 중요한 손님이라고 사람들한테 말해 버렸어, 괜찮지?"

요코가 반쯤 애원하듯 말했다. 평소 제멋대로인 요코가 이렇게까지 말을 한다는 건 정말 간절하다는 뜻이리라.

마키코도 집에서 저녁을 먹고 온 게 미안해서 "으응" 하고 마지못해 고개를 끄덕였다.

그러자 요코는 곧 기분이 좋아져서 "자, 이제 다 모였네" 하고 떠들어 대며 마키코를 응접실로 끌고 들어왔다.

"아이고 맙소사, 다행히 굶어 죽진 않겠네."

아까 그 청년이 또 헛소리를 지껄여서 모두를 웃게 만들었다.

꽃 장식으로 가득한 식당에는 각 의자마다 손님 이름이 적힌 작은 카드가 놓여 있었다.

중앙에 위치한 주인공 요코의 오른쪽 옆자리 카드에는 로마자로 마키코의 이름이 적혀 있었다.

마키코는 그런 자리에 앉는 게 쑥스러웠다. 평소 요코와 친하지도 않은데, 오늘 밤 그런 환대를 받는다는 게 어색해서 의자에 앉아도 마음이 편치 않았다.

그래도 마키코는 애써 포크를 들고 맛있게 음식을 먹는 척했다.

"여러분, 아름다운 요코의 행복을 빕시다."

누군가가 작은 화이트 와인 잔을 들어올렸다. 마키코는 아픈 엄마가 약용으로 마시는 포도주를 조금 맛본 경험밖에 없었기에 잔에 살짝 입을 대니 입술이 아플 지경이었다.

마키코는 식욕이 없어서 빨리 식당에서 벗어나기만을 기다렸다.

"오늘 밤 댄스가 기대되네. 나 특별히 오늘 밤을 위해 맹연습했어."

그렇게 속삭이는 반 친구의 말을 듣고 마키코는 또 우울해졌다. 춤이라니 말도 안 된다. 댄스를 전혀 모르는 내가 대체 무엇을 할 수 있을까.

"자, 이제 배를 채웠으니 밤새도록 춤을 추자."

예의 청년들이 경박한 목소리로 그 말을 꺼냈을 때는, 이미 디저트로 나온 아이스크림도 다 먹은 뒤였다. 응접실에서는 요코가 아버지에게 부탁해 불러온 밴드 연주자 너덧 명이 분위기를 띄우는 연주를 시작했다.

"축음기가 아니라 밴드가 오다니 어마어마하네!"

소녀들은 너도나도 신이 났다.

"자, 저쪽으로 가자. 이제부터 진짜 재미있을 거야."

요코가 옆에 앉은 마키코를 일으켜 세우며 말했다.

"너는 오늘 밤 나랑 춤을 춰야 해. 잘 리드해 줘."

그러자 마키코는 경직된 표정으로 분명하게 대답했다.

"나 춤은 전혀 못 춰."

"어, 못 춰? 그렇구나, 그래도 상관없어."

요코는 태연했다.

"내가 잘 리드할 테니 오늘 밤 배워 봐. 금방 잘 추게 될 거야. 내가 댄스 선생님이 되어 줄 테니까."

요코는 억지로 마키코의 손을 끌고 응접실로 나와서는 연주자 쪽을 보며 큰 소리로 명령하듯 외쳤다.

"아무거나 원스텝 쉬운 곡으로 부탁해. 이분한테 프롬나드 포지션*부터 가르칠 거니까."

그러면서 마키코의 어깨를 안고 걷는 연습을 시작했다.

"저런, 갑자기 무용 학원이 됐군."

다른 청년들은 요코가 마키코에게만 붙어 있자 지루해했다. 학교 친구들도 어느 틈엔가 마키코가 자기들을 밀어내고 요코에게 소중한 사람이 되었다는 게, 놀랍기도 하고 질투도 났다. 뭔가 이상하다며 다들 어리둥절했다.

하지만 온통 제멋대로인 요코는 다른 사람 생각 따위는 안중에도 없었고, 마키코에게 댄스를 가르치겠다는 데만 정신이 팔려 있었다.

마키코는 다들 자기 발밑만 빤히 지켜보고 있는 곳으로 끌려나와 정신이 하나도 없고 땀만 뻘뻘 났다. 나중에는 고통스러워지고 말았다.

"요코도 취미가 진짜 남다르네."

최근 요코에게 충실했던 부하들은 자기들이 모시던 여왕 때문에 비탄에 빠졌다.

하지만 요코는 그저 마키코에게 댄스를 가르치는 데 여념이 없었다.

"이것 봐, 벌써 잘 따라오네. 넌 음악에 대한 이해도가 높아서 금방 잘 출 거야."

요코는 좀처럼 마키코를 놓아주지 않고 하염없이 가르치려 들다가, 퍼뜩 무슨 생각이 났는지 이렇게 말했다.

"아, 맞다. 언젠가 텔레지나*의 무대를 보다가 블랙 탱고가 마음에 들어서 검은색 스페인 의상을 주문했거든. 여름에 해변에서 입자 싶어서. 검은색 모자도 세트로 있어. 오늘 밤 너한테 그걸 입혀 주고 싶다, 어서 이리 와!"

그러더니 갑자기 마키코의 손을 쭉 끌고 2층 자기 침실로 올라갔다.

마키코는 아까부터 비틀비틀했다. 이미 요코를 뿌리치고 저항할 힘이 없었다.

헐레벌떡 침실 문을 연 요코는 마키코를 먼저 밀어 넣고 자기도 들어갔다.

침대 옆 화장대 위에는 화장품이니 향수병과 함께 빨간 리본이 묶인 작은 상자들과 색색의 끈을 두른 선물들이며 꽃다발이 흐트러져 있었다.

"마키코, 너의 구릿빛 피부가 더 돋보이도록 이 파우더를 칠하자."

요코는 진한 밤색 콤팩트를 꺼내 마키코에게 보여 준 뒤, 탁상 위에 있는 다른 선물들을 귀찮다는 듯이 한손으로 밀어냈다.

"이거 전부 다 오늘 받은 생일 선물이야——. 호호호호, 넌 아무것도 안 주니?"

요코의 말에 마키코는 얼굴이 새빨개졌다. 애초에 내키지 않았는데 아빠가 꼭 가라고 하는 바람에 온 터라 선물은 생각지도 못했다. 하지만 생각해 보니 정말이지 무심한 행동이었다. 생일 파티에 오면서 꽃 한 송이 가져오지 않다니——. 마키코는 부끄러웠다.

"나중에라도 준다면 기쁘게 받을게. 내가 무슨 욕심쟁이라서 그러는 게 아니야. 그냥 너한테 뭐라도 하나 받고 싶을 뿐이야. 다른 사람들한테 이렇게 많은 선물을 받았지만 하나도 기쁘지 않아——."

다른 손님이 들으면 얼마나 기분 나쁠 말인지. 하지만 요코는 탁자 위에 놓인 선물들을 무시하면서, 마키코의 얼굴에 퍼프를 찍어 댔다.

오늘 밤 마키코는 평소 그토록 맑은 정신과 강한 의지를 어디 두고 왔는지, 아니면 요코의 신비한 마법에 걸려들었는지, 그저 요코가 시키는 대로 몸을 내맡기고 있었다.

"있잖아, 나한테 아무거나 선물해 줄래? 일부러 사 오지는 말고, 네가 몸에 지니고 다니던 걸 받고 싶어. 알겠지?"

요코는 화장을 하면서도 집요하게 요구했다.

"으응."

마키코는 정말로 마법에 걸려든 사람처럼 고개를 끄덕였다.

"자, 화장은 끝났다. 이제 머리에 살짝 웨이브를 넣을게."

요코는 고데를 꺼내 와서 고형 연료에 불을 붙였다.*

마키코는 영혼이 빠져나간 인형처럼 묵묵히 요코가 시키는 대로 따랐다.

"멋져, 멋져. 이걸로 준비가 끝났어. 슬슬 옷 갈아입자."

요코는 혼자서 이리저리 분주했다.

"자, 일어나 봐. 지금 입은 흰 원피스는 벗어 줘."

그런 소리를 들었지만 아무리 마키코라도 거기서 옷을 벗는 건 주저되었다.

"그 위에 이 검은 의상을 입을 순 없잖아, 어서 벗어 봐——."

그러더니 자기가 마키코의 원피스 후크를 끌러 옷을 벗겼다. 이 얼마나 무기력한 마키코인가! 마키코는 스스로 자신이 서글펐다. 하지만 이미 어찌할 바를 몰랐다. 마치 꿈을 꾸는 것처럼 요코의 매력 있는 언행에 빨려들고 있었다.

요코는 검은 공단으로 된 의상을 꺼냈다. 그녀는 마키코에게 해군 바지처럼 아래가 넓게 퍼진 하의를 입히고, 은실로 장식한 짧은 스페인 재킷을 입힌 뒤, 챙이 넓은 검은 모자를 비스듬하게 씌웠다. 그런 다음 넋이 나간 표정으로 마키코를 바라보며 말했다.

"어머나! 생각한 것보다 훨씬 더 예쁜 미소년이네! 어서 이것 좀 봐!"

요코는 옷장 옆 커다란 거울 앞에 마키코를 세웠다.

완전히 변해 버린 자신의 모습에 마키코도 깜짝 놀라 바라보았다.

맵시 좋은 검은 의상, 검은 모자 아래 짙은 눈썹과 서늘한 눈매——이것이 정말 나인가 싶어 마키코는 눈을 부릅떴다.

"이제 내려가서 다들 깜짝 놀라게 해 주자."

들뜬 요코는 마키코의 손을 끌고 아래로 달려 내려갔다.

환한 전등불 아래로——짝짝짝 박수 소리가 들렸다. 그 가운데 블랙 탱고 차림의 마키코가 사람들의 주목을 받으며 서 있었다.

"얘들아, 어때?"

요코는 자기가 만든 인형을 자랑스럽게 소개했다.

"어머나! 깜짝 놀랐어. 마키코가 다카라즈카에 들어가면 나라 미야코*를 뛰어넘는 남자 주인공이 되겠어."

"그래, 진짜 멋진 미소년 스타일이네. 다카라즈카 배우들은 솟 컸도 아니면서 남장을 하잖아. 그러니까 남자들은 방 안에 들어가도 모자를 못 벗고 베레모 쓴 머리 뒤통수가 불룩 튀어나오지. 아무튼 부자연스러워.”

또 다카라즈카 이야기다.

“마키코, 탱고 하나만 멋지게 춰 줄래? 오늘 밤에 원스텝을 시작했으니 아직 갈 길이 멀긴 하지만——, 그냥 걸어 다니기만 해도 멋있을 거야!”

요코는 자기가 만든 인형인 마키코와 어깨를 나란히 하고 응접실을 빙 둘러 걸었다.

“마키코는 강한 줄 알았는데 요코를 만나니 저렇게 되네. 문어처럼 흐물흐물해졌어. 진짜 놀랐다.”

기가 막혀 하는 친구들을 뒤로하고 요코는 마키코와 나란히 응접실에서 베란다 뒤뜰로 나왔다.

넓은 뒤뜰은 푸른 가로수 이파리 냄새로 가득했다. 5월의 밤, 초여름 밤하늘은 짙은 초록의 향으로 가득해서 어쩐지 관능적인 기분에 젖게 만들었다.

뒤뜰 돌담 아래 마련된 산책로가 가로등 불빛으로 어스름하게 환했다. 두 사람은 저택을 등지고 나무 그늘이 드리운 돌담길을 나란히 걸었다.

요코가 열기를 띤 부드러운 손으로 마키코의 어깨를 둘렀다.

“있지, 오늘 밤부터 나랑 사이좋은 친구가 되어 주겠니?”

요코는 달콤하고 상냥하게 속삭였다.

마키코는 아까부터 꿈을 꾸는 것만 같아서——, 평소 자신의 모습을 완전히 잊어버리고 있었다.

"……."

마키코는 대답 없이 고개를 끄덕였다.

어둑한 나무 그늘 아래에서 흑장미를 닮은 마키코를 가만히 바라보던 요코는 작은 면 레이스 손수건을 꺼내 마키코의 뺨 부근을 닦아 주었다.

"미안해, 아까부터 내 맘대로 끌고 다녀서. 약간 땀이 났지?"

그때――, 마키코는 상냥하게 땀을 닦아 주는 요코의 손수건에서 풍기는 짙은 향수 냄새를 느꼈다.

"물망초 향수야, 마음에 드니? 이 향기……."

마키코는 말이 없었다. 이럴 때 무슨 말을 하면 좋을지, 평소에 연습해 본 적이 없어서 뭐라 대답해야 할지 알 수 없었다.

"만약 네가 이 냄새를 좋아한다면, 나는 언제든 이 향수만 쓸 거야."

마키코는 긴장해서 몸이 굳어 버렸다. 그때였다. 돌담길에 드리운 사람의 그림자, 서둘러 걸어가는 소녀, 같은 학교 교복이 보였다.

"어, 가즈에!"

마키코가 외쳤다.

그 소리에 깜짝 놀라 돌담 너머 멋진 저택 정원으로 고개를 돌린 건 정말로 가즈에였다. 가즈에는 약병 꾸러미를 소중히 품에 안고 있었다.

"어머, 정말 로봇 너구나. 어째서 이런 시간에 이런 데를 걷고 계실까——."

요코가 돌담 위로 얼굴을 내밀었다. 그러더니 장난기가 발동해서는, 손에 들고 있던 물망초 향수를 뿌린 손수건을 가즈에가 가는 길목에 떨어뜨렸다.

"그거 너 줄게."

요코는 그렇게 말하며 환한 목소리로 웃었다. 가즈에 앞으로 흰 날개가 달린 작은 새 같은 향기로운 손수건이 팔랑팔랑 떨어졌다.

모욕을 당한 사람처럼 입술을 꽉 깨문 가즈에가 창백한 얼굴로 돌담 너머 두 사람을 올려다보았다. 그러더니 말없이 손수건을 주워 찬찬히 반의반으로 접어 돌담 위에 올려 두고는, 아무 말 없이 휙 돌아서 가던 길을 가 버렸다. 가즈에의 조용하고 침착한 태도를 위에서 가만히 지켜보고 있던 마키코는, 그 순간 꿈에서 깬 사람처럼 평소의 자기 자신으로 돌아왔다.

"오늘 밤은 이만 가 볼게."

마키코는 갑자기 무뚝뚝해져서는 뜰을 가로질러 달렸다.

"갑자기 왜 그래? 뭐 때문에 기분이 상했어?"

당황한 요코가 마키코의 길을 막아섰다.

"그냥——, 이런 모임에 오는 게 아니었어. 방금 그걸 깨달아서……."

마키코는 더 이상 요코의 유혹에 빠져들지 않겠다고 결심했다.

"그렇지만 이렇게 와 줬잖아——."

요코가 말했다.

“그게——, 실은 아빠가 시켜서 온 거야. 너희 아버지가 우리 아빠 연구소에 기부를 하신대. 그래서 꼭 가야 한다고 하셨어.”

마키코는 사실대로 분명히 말했다.

“어머, 너 그래서 오늘 온 거야?”

자존심이 땅에 떨어져 짓밟힌 것만 같은 기분에 요코는 입술을 꼭 깨물었다. 그러고는 아까 가즈에가 놓고 간 손수건을 돌담 위에서 집어 들어 두 조각, 세 조각으로 갈가리 찢어 버렸다. 그걸 뭉쳐서 홱 내버리곤 다시 다급하게 마키코의 뒤를 쫓았다.

마키코는 마치 추악한 곳에서 도망치는 사람처럼 정신없이 거실을 지나 현관으로 나가려다가, 문득 자기 옷차림을 깨닫고 얼굴이 새빨개졌다. 우물쭈물하고 있는데 요코가 뒤에서 말을 걸었다.

“침실에서 옷 갈아입어. 마음에 들면 그냥 입고 가도 돼.”

마키코는 요코가 자신을 놀리는 건지 진심인지 알 수가 없었다.

* * *

* *

마키코는 자기 집 앞에 자동차가 멈춰 서자 안심했다.

그 자동차는 요코가 싫다는 마키코를 억지로 태워 보낸 것이었다. 깍듯이 고개를 숙이는 운전사에게 인사하는 것도 잊고, 마키코는 어둑한 현관으로 달려 들어왔다.

아주 멀고 먼 세계, 한 번도 본 적 없는 꿈같은 세계에서 도망쳐, 이윽고 자신이 사는 나라로 돌아온 기분이 들었다. 졸린 얼굴로 현관까지 마중을 나온 하녀에게 마키코가 물었다.

"어머니는?"

하녀가 대답했다.

"아까 일어나셔서 아가씨가 오시기를 기다리고 계십니다."

가슴이 철렁 내려앉았다. 마키코는 엄마 모르게 큰 죄라도 짓고 돌아온 기분이 들어 마음이 아팠다.

어머니 방으로 가만히 들어서자 이미 딸아이 발소리를 알아챈 어머니 기쿠코가 이부자리에서 일어나 상냥하게 물었다.

"어서 와. 오늘 어땠니? 북적북적하고 재미있었지?"

"엄마, 나 너무 늦었지?"

마키코가 용서를 구하듯 말했다.

"아니야, 조금 늦을 거라고 생각했어. 더 늦으면 차를 보내서 데려올 생각이었단다. 엄마가 이렇게 아프니까 집 안이 항상 쓸쓸하고 우울해서 너한테 늘 미안했는데, 다행히 오늘 밤 네가 아이바 씨 댁에서 신나게 놀아서 엄마는 기뻐——."

자애로운 어머니의 말에 마키코는 오히려 슬퍼져서 울고 싶었다. 이럴 때 차라리 호되게 야단이라도 치시면 반항하고 싶을 텐데……. 마키코는 자기가 대단한 불량소녀라도 된 것처럼 양심의 가책을 느꼈다.

"오늘 있었던 이야기는 내일 들을 테니까, 오늘 밤은 이만 쉬렴."

어머니의 말에 마키코는 힘없이 일어섰다. 아버지는 아직 퇴근 전인지 서재에는 불이 꺼져 있었다. 마키코의 옆방은 와타루의 방이었다.

"와타루."

동생을 불러 보았지만 아마도 지금쯤 동화 속 꿈나라를 헤매고 있으리라.

마키코는 자기 방으로 들어가 오늘 밤 어머니가 입혀 준 하얀 모직 원피스를 벗었다. 그 순간 문득 풍겨 나는 향기, 물망초 향수 냄새——탱고 옷을 입은 동안 요코의 침실에서 벗어 둔 옷에 그 사람 향수가 밴 것인지, 요코가 옷에다 향수를 마구 뿌려 둔 건인지——에 마키코는 잊었던 꿈이 다시 떠오르는 기분이었다.

요상하고 아름다운 요코와 나란히 걸었던 저택의 뒤뜰, 5월의 어느 밤. 그와 동시에 그 집 돌담 아래서 약병을 품에 안고 고개를 숙인 채 쓸쓸이 걷던 가즈에. 요코의 매정한 장난에 울컥 화가 치솟으면서도, 말없이 손수건을 접어 돌담 위에 올려 두고 가던 씩씩한 모습. 그 모습들이 마키코의 마음을 복잡하게 했다.

가즈에의 집

가즈에의 아버지는 보병 대위였다. 돌아가신 이유가 전사는 아니었다. 만주 수비대에 있을 때 병을 얻어 퇴직하고 소령으로 진급했다가 병사했다.

아버지는 남은 아내와 아이들에게 유서를 남겼다.

어머니에게는 따로 남기고, 아이들에게는 한 장의 두루마리에 각각 이렇게 썼다.

가즈에에게

너는 장녀이니 책임이 무겁다. 내가 죽은 후 어머니를 도와 열심히 집안일을 해다오. 아버지 뒤를 이을 아들 미쓰오를 위해서나, 어린 막내 동생 유키에를 위해 평생 좋은 누나와 언니가 되어 주기 바란다. 때에 따라서는 동생들을 위해 네가 희생하겠다는 각오로 임해다오. 아버지의 간절한 부탁이다.

미쓰오에게

너는 소중한 외아들이다. 아버지가 너에게 얼마나 큰 기대를 갖고 있었는지 모른다. 이제 병으로 영원히 헤어져야 한다니 너무 괴롭구나. 아버지는 군인이었지만 나라를 위해 목숨을 바친 것도 아니고 전쟁터에서 공훈 하나 세우지 못한 채 이리도 허무하게 세상을 뜨는 게 너무나 치욕스럽고 비통하다. 너는 부디 건강하게 자라서 장래에 아버지의 뜻을 이어 훌륭한 군인으로 조국에 봉사해다오.

유키에에게

어머니와 언니와 오빠 말을 잘 듣는 착한 아이가 되어라.

이것이 세 아이에게 전해진 아버지의 마지막 편지였다.

5월 1일. 신록이 싱그러운 이날은 가즈에의 집에서는 쓸쓸하기 짝이 없는 아버지의 기일이다.

온 가족이 타마묘원에 있는 아버지의 무덤으로 성묘를 간다. 그런데 아홉 살짜리 막내 유키에가 학교 갔다 와서 갑자기 배가 아프다고 했다. 열을 재 보니 조금 높아 다들 걱정이었다. 그래서 어머니와 열두 살 난 남동생 미쓰오가 누나와 여동생 몫까지 대표로 성묘를 가고 가즈에는 집에 남아 유키에를 돌보며 간병을 했다.

저녁나절, 엄마와 남동생이 돌아왔지만 유키에는 여전히 몸이 불덩이라 밥도 먹으려 하지 않았다. 가즈에는 근처 공중전화로 달려가 늘 연락하는 의사 선생님을 불렀다.

전역한 군의관인 그 의사는 돌아가신 아버지의 친구이자 아버지의 병환을 돌봐 주신 이 집의 주치의였다. 제대하고 고지마치에서 개업한 뒤로도 가즈에네 식구들은 이 선생님에게 진찰을 받았다.

의사 선생님이 오셔서 유키에를 진찰하더니 식중독인 것 같다며 이삼 일 더 안정을 취할 것을 당부했다. 그러면서 나중에 약을 받으러 오라고 처방전을 써 주고 갔다.

저녁 식사 후 가즈에는 여동생의 약을 타러 고지마치에 있는 병원으로 향했다. 돌아오는 길에 거대한 저택 뜰 돌담 아래 어스름한 길에서 약병을 소중히 껴안고 가다가—— "어, 가즈에!" 하는 외침을 들었던 것이다.

깜짝 놀라 올려다보니 화려하게 치장한 요코가 놀리듯 중얼거리며 가즈에를 내려다보고 있었다.

"어머, 정말 로봇 너구나. 어째서 이런 시간에 이런 데를 걷고 계실까——."

그 옆에 서 있는 건 마키코, 유게 마키코였다.

그리고——.

"그거 너 줄게."

요코의 웃음소리와 함께 하늘에서 팔락팔락 떨어지던 면 레이스 손수건——. 가즈에는 가슴 깊은 곳에서 훅 하고 부끄러운 감정이 솟구치는 것을 느꼈다.

하지만 손수건을 주워 잘 접어서 돌담 위에 올려 두고는 빠른

걸음으로 지나쳤다——.

기분 탓인지 요코와 마키코가 자신을 조롱하는 웃음소리가 들리는 듯했다. 가즈에는 그렇게 쓸쓸히 요쓰야에 있는 집으로 돌아왔다.

집에는 불단에 등불이 켜 있고 향냄새가 그윽했다. 어머니와 남동생 미쓰오가 안절부절못하며 기다리고 있었다. 그 근처 요 위에는 유키에가 누워 있었다.

"수고했다."

가즈에가 유키에의 머리맡에 약병을 올려놓자 어머니가 말했다.

"너도 아버지한테 인사드리렴."

가즈에는 불단 앞에서 합장을 하고 향을 피운 뒤 보라색 붓꽃 너머 세워진 아버지 군복 사진을 올려다보았다.

"오늘 밤에도 아버지 유언장을 다 같이 읽자꾸나."

어머니는 아버지의 퇴직 연금 증서와 훈장이 들어 있는 서랍을 열고 두 개의 봉투를 꺼냈다. 하나는 어머니에게 남긴 유서이고, 다른 하나는 아이들을 위한 것이었다. 어머니는 아이들을 위한 봉투에서 편지를 꺼내 펼쳤다.

"가즈에에게——너는 장녀이니 책임이 무겁다. 내가 죽은 후 어머니를 도와——."

어머니는 쭉쭉 읽어 나갔다. 가즈에는 고개를 숙이고 가만히 듣고 있었다. 아버지의 유언을 들으면서도, 조금 전에 돌담 위에서 마키코가 자신의 이름을 부르던 모습과 웃으며 손수건을 던지던 요코의 모습, 그리고 가만히 입술을 깨물고 손수건을 접어 돌담 위에 올려 두던 자신의 모습이 빙빙 돌며 머릿속에서 떠나지 않았다.

"――때에 따라서는 동생들을 위해 네가 희생하겠다는 각오로 임해다오. 아버지의 간절한 부탁이다――."

어머니가 마지막 문구를 읽었을 때 가즈에는 고개를 번쩍 들었다. 그 말이 귓가를 스치는 순간 칼로 등을 찌르는 듯한 통증이 느껴졌다.

"그다음은 미쓰오에게 남기신 말이다. 잘 들어라, ――너는 소중한 외아들이다. 아버지가 너에게 얼마나 큰 기대를 갖고 있었는지 모른다――."

그 순간 미쓰오는 다소 의기양양한 표정으로 어깨에 힘을 주었다.

"――너는 부디 건강하게 자라서 장래에 아버지의 뜻을 이어 훌륭한 군인으로 조국에 봉사해다오――."

편지를 읽는 어머니의 목소리가 떨리면서 눈에 눈물이 글썽거렸다.

"그다음은 유키에. 잘 들어라."

어머니는 침상에서 눈을 반짝 뜨고 이쪽을 보고 있는 귀여운 막내 유키에를 보았다.

"유키에에게――어머니와 언니와 오빠 말을 잘 듣는 착한 아이가 되어라."

유키에는 동그란 눈을 부릅뜨고 듣고 있다가 다소 불만스럽다는 듯이 말했다.

"내 편지는 재미없어. 엄마랑 언니랑 오빠랑 세 사람 말만 들어야 하잖아. 내 말을 들어줄 사람은 하나도 없어서 슬퍼."

"하하하."

가즈에가 웃으며 여동생 곁으로 몸을 기댔다.

"괜찮아. 네가 하는 말은 언니가 다 들어줄게. 대신 너도 언니가 하는 말 들어줘. 그럼 됐지? 응?"

가즈에는 상냥하게 여동생의 이마를 어루만졌다.

"응."

유키에는 세상에서 제일 좋아하는 언니에게 어리광을 부리며 만족스레 대답했다.

"멍청아. 넌 아프기나 하고. 오늘 아버지가 하늘에서 화내실 거다——."

거기다 대고 미쓰오가 꾸짖듯 을러대자 유키에는 으앙 하고 울음을 터뜨렸다.

"미쓰오, 동생을 괴롭히는 놈이 어떻게 군인이 되겠니."

가즈에가 남동생을 나무라자 미쓰오는 으스대며 대꾸했다.

"흥, 누나 말 들으란 얘긴 아버지 유언장에 없었는데."

선물

"엄마."

마키코가 어머니 머리맡에 가만히 앉았다. 일요일 아침이었다. 뜰에 자란 단풍나무 이파리가 초여름답게 싱그러운 빛깔로 툇마루 유리창에 비치고 있었다.

"무슨 일이니?"

어머니가 조용히 돌아보자 마키코가 입을 열었다.

"나 사고 싶은 게 있어요."

"그래, 학교에서 쓸 거니? 구두 같은 거?"

어머니는 아픈 몸으로 딸의 신발까지 신경을 썼다.

"아니, 친구한테 줄 선물."

"그렇구나."

어머니는 친구 선물을 사고 싶다는 딸의 말이 흥미로워 눈을 크게 떴다. 좀처럼 없는 일이었다.

"요전에 요코 생일 파티에 갔을 때 다들 선물을 가져왔더라고

요. 나는 억지로 떠밀려서 가게 된 거라 아무 준비를 못 했거든요……."

마키코의 말에 번뜩 깨달은 어머니는 얼굴이 조금 붉어졌다.

"그래, 그래. 엄마가 깜박했네. 어쩌니, 네가 많이 난처했겠구나."

걱정하는 어머니에게 마키코는 고개를 가로저으며 말했다.

"아니, 괜찮아. 나중에 초대 고마웠다고 작은 선물이라도 주면 되니까."

마키코는 그렇게 말하며 요코의 침실 화장대 위에 가득 쌓여 있던 선물 꾸러미를 보았을 때 요코가 화사하게 웃으며 "넌 아무것도 안 주니?"라고 하던 아름답고 어른스러운 얼굴을 떠올렸다. 그리고 또, "나중에라도 준다면 기쁘게 받을게. 그냥 너한테 뭐라도 하나 받고 싶을 뿐이야"라고 한 것과 또, "다른 사람들한테 이렇게 많은 선물을 받았지만 하나도 기쁘지 않아――"라고 한 것이 떠오르자 마키코는 엄마 앞에서 얼굴이 조금 붉어졌다. 요코가 그런 소리를 했다고 엄마에게 말할 용기는 없었다.

"그럼 오늘 나가서 괜찮은 선물을 하나 사 오렴."

엄마의 말에 마키코는 "응" 하고 대답하는데, 그날 밤 요코가 한 말이 다시 떠올랐다.

'있잖아, 나한테 아무거나 선물해 줄래? 일부러 사 오지는 말고, 네가 몸에 지니고 다니던 걸 받고 싶어. 알겠지?'

그 달콤한 말――, 마키코는 순간 가슴이 뜨거워지면서 창피

했다.

"아이바 씨 댁 따님은 뭐든 갖고 있을 테니, 무슨 선물을 해야 할지 고민이네."

엄마의 말을 들으니 정말 그랬다. 뭐가 좋을까——.

"고급스러운 프랑스 향수라도 살래?"

별생각 없이 꺼낸 어머니의 말에 마키코는 정신이 번쩍 들었다. 향수——, 그날 밤의 그 물망초 향기가 은은히 퍼져 나가는 것만 같았다.

"자기가 좋아하는 향을 골라 가면서 쓰는 것을 보면 향수는 많은 것 같았어."

마키코가 말했다.

"그렇지. 향수는 취향이 제각각이지."

생각에 잠겼던 어머니가 이윽고 생각난 듯이 말했다.

"그렇다면 손수건은 어떨까. 서양에서 들여온 아주 고급스러운 제품을 예쁜 상자에 넣어서 말이야."

"손수건……."

슬프게도 마키코는 또 기억해 내고 말았다. 그날 밤, 어둑어둑한 정원 가로수 아래에서 자신의 뺨 부위를 향이 짙은 손수건으로 부드럽게 닦으며, '물망초 향수야, 마음에 드니? 이 향기……'라고 속삭이던 요코를……. 그리고 지나가던 가즈에에게 손수건을 던졌다. 가즈에는 정성스레 그걸 접어 돌담 위에——그 성실하고 모범생 같은 행동을 보았을 때, 문득 자신이 몹쓸 곳에 와 있는 기분이 들어 양심의 가책을 느끼고 서둘러 집으로 돌아왔었다. 그랬더니 요코가 붙잡으며, '그렇지만 이렇게 와 줬잖아——'라고 말했고 마키코는 '아빠가 시켜서——'라고 실상을 밝혔다. 요코는 갑자기 손수건을 북북 찢어 버렸고……. 그 모습이 생생하다.

그랬는데 이제 와서 손수건을 선물한다면 사람을 놀리는 것이나 다름없다는 걸 마키코는 알고 있었다. 아무것도 모르는 어머니는 향수니 손수건이니 요코에게 어울리는 선물을 부지런히 생각하고 있었다.

"엄마, 선물은 내가 생각해 볼게. 그리고 또 다른 친구에게도 선물을 주고 싶어. 가즈에라고 요전에 내가 감기로 학교 못 갔을 때 노트 필기를 빌려준 애인데, 보답으로 작은 선물 하나 해도 될까?"

"그럼, 되고말고. 잘 생각했구나. 그 친구는 어떤 아이야?"

어머니는 딸의 학교 생활 이야기나 같은 반 친구 이야기를 뭐든 자세히 듣고 싶었다.

"진짜 성실한 친구야. 다른 데 한눈 안 팔고 공부만 열심히 해서 로봇이라는 별명이 붙었을 정도로."

"하하하, 로봇이라니. 누군지 몰라도 아주 짓궂은 별명을 지었네. 그럼 마키코 너한테도 무슨 별명이 있어?"

어머니란 그런 데까지 신경이 쓰이는 법인가 보다…….

"아니, 딱히——. 내가 없는 데서 날 뭐라고 부르든 난 상관없어."

마키코는 웃었다.

“그럼 선물 사러 다녀오려무나. 와타루도 데려가면 좋아할 거야.”

“응, 그럴게.”

“미츠코시 백화점에 갈 거면 집으로 달아 놔. 다른 곳에서 살 거면…….”

어머니는 자리에서 일어나 지갑을 찾았다. 마키코는 남동생 와타루를 데리러 거실로 나왔다.

아버지와 아이들

"누나, 진짜야!"

와타루는 누나와 둘이서 긴자로 쇼핑을 하러 간다는 소식에 신이 나서 벌써부터 모자를 들고 복도를 쿵쾅쿵쾅 뛰어다녔다.

"와타루, 아버지한테 다녀오겠다는 인사하고 오자."

마키코는 동생을 데리고 아버지의 서재로 향했다.

"누나, 손님 계셔. 오가와 씨가 왔어."

와타루가 아버지가 계신 방 앞에서 누나에게 말했다.

"그래――."

아버지가 어색한 마키코는 마음 놓고 어머니 방으로 들어갈 때와는 달리, 조금 경직된 상태로 서재에 들어갔다.

누가 봐도 그야말로 과학자의 서재였다. 오크 나무로 된 차가운 밤색 테이블 위에는 독일어인지 뭔지 아버지가 읽는 외국 전문 서적이 한가득 쌓여 있고, 아버지는 그 앞에 놓인 회전의자에 앉아 손님과 담소를 나누고 있었다. 피부색이 어둡고 각진 얼굴에 두꺼운 근시 안경을 낀 왜소한 청년이 아버지 앞에서 긴장한 채 이야기를 듣고 있었다.

"아빠."

와타루가 쾌활하게 부르자, 두 사람이 동시에 이쪽을 돌아보았다.

"나 있죠, 누나하고 긴자 다녀올게요."

와타루가 대표로 말했기에 마키코는 잠자코 인사만 했다.

"긴자 같은 데를 왜 가. 영화 보러 가는 거냐? 남매 둘이서 가는 건 안 된다."

아버지는 언짢은 얼굴로 엄하게 말했다.

"아니에요, 누나가 쇼핑하는 데 같이 가 주는 거예요. 나도 간 김에 약간 살 게 있고요."

와타루가 제법 당당하게 조숙한 말씨를 써서 마키코도 미소 짓고 말았다.

"쇼핑하는 데 와타루 너까지 따라갈 필요 있어? 그보다는 아빠가 오늘 좋은 데 데려가고 싶은데, 어떠냐? 오가와 군도 같이 갈 거다."

아버지는 청년 손님 쪽으로 눈길을 돌렸다. 오가와 군이라는 키 작은 청년이 의자에서 일어서며 와타루에게 다가왔다.

"도련님, 오늘 무라야마 저수지로 피크닉을 갑시다."

"고맙지만 난 이미 누나하고 긴자에 가기로 약속했는걸."

와타루가 고개를 저으며 거절했다.

"아하하, 벌써 약속이 잡혀 있군요. 하지만 누나하고 같이 간다면 만사 해결이 아닙니까."

오가와는 그렇게 말하며 마키코 쪽을 보았다.

"저는 꼭 사야 할 물건이 있어요. 오늘은 어렵겠습니다."

마키코도 얼른 거절했다.

"어째서요? 쇼핑은 언제든지 할 수 있잖아요. 먼지투성이 긴자보다는 신록이 우거진 외곽으로 가는 게 건강에도 훨씬 좋지 않겠어요?"

오가와는 집요하게 권유했다.

"마키코는 그렇게 쇼핑이 하고 싶거든 혼자 다녀오너라. 왜 굳이 와타루까지 끌고 가느냐."

아버지 유게 박사는 심기가 불편해 보였다.

"하지만 난 누나랑 같이 가고 싶어요."

와타루가 목소리를 높여 보았지만 소용없었다.

"와타루는 우리하고 같이 교외에 가거라."

아버지의 명령이었다. 아버지의 명령은 가정에서 최고의 힘을 지니고 있었다. 그 명령을 거역하면 집안이 얼마나 살얼음판이 되는지, 어린 와타루도, 누나 마키코도 여러 번 겪은 일이라 잘 알고 있었다.

우리는 무엇을 할 것인가

어머니가 그때 얼마나 쓸쓸한 표정을 지으셨는지, 마키코는 그날을 생각하면 견딜 수가 없었다.

"와타루는 아빠하고 교외에 간대."

그 이야기를 하러 어머니 방에 갔을 때 이루어질 수 없는 소망이라는 것을 알면서도 어머니는 말했다.

"저런, 기왕 외출하실 거면 다 같이 긴자로 가서 쇼핑을 좀 도와주고 가시지. 엄마가 아프지만 않으면 너랑 같이 나갔을 텐데."

어머니는 쓸쓸한 듯 말했다.

나는 아빠에게 쓸모없는 딸인가——. 마키코는 걸핏하면 그런 의구심이 강하게 뇌리를 스쳤다.

"누나랑 같이 안 가면 나 심심한데."

와타루는 아버지의 사랑을 그토록 독점하면서, 그 애정을 이용해 누나를 깔보는 폭군이 아니라 오히려 그 때문에 누나와 떨어져야 한다는 걸 슬퍼하는 동생이었다. 그 사실이 마키코를 가슴 아프게 했다.

그런 생각에 사로잡힌 채 마키코는 전차를 타고 긴자로 향했다.

요코에게 줄 선물, 가즈에에게 줄 선물, 이제는 그 문제로 골머리를 썩여야 했다. ——아아, 쇼핑이란 정말 괴로운 일이구나. 적어도 내게는 그런 재능이 없어. 마키코는 가슴속으로 절절히 느끼다 공연히 지치고 말았다.

몇 시간을 고민한 끝에 마키코는 드디어 두 개의 선물을 살 수 있었다.

하나는 실버 캔디 상자였다. 은으로 된 작고 귀여운 꽃바구니 모양 상자가 우단 주머니에 들어 있었다. 어머니가 주신 돈 절반 이상을 여기에 썼다. 사치스러운 생활을 하는 여왕 같은 요코에게, 가까스로 적당히 사소한 선물이 될지도 몰랐다.

마키코는 실버 캔디 상자를 발견한 순간, 요코 선물로 적당하겠다는 생각에 처음으로 마음이 놓였다.

다른 하나는 가즈에를 위한, 그 애에게 어울리는 물건을 사야 했다. 마키코는 마루젠 서점에서 본 잉크스탠드로 결정했다. 남색 도자기로 만든 작은 항아리 모양이었다. 책상 위에 두어도 괜찮은 장식품이 될 것 같았다. 마키코는 이런 물건이 자기 책상 위에 있다면 분명 기쁠 것이라는 생각도 들었다. 이것을 사기 위해 어머니가 주신 남은 돈과 자기 용돈을 조금 더해야 했다. 요코에게 줄 캔디 상자가 예산을 많이 잡아먹었기 때문이다.

선물 두 개를 다 산 마키코는 어떤 의무감에서 해방된 가벼운 기분으로 마루젠 서점의 서양 서적 서가를 둘러보았다. 그녀는 열심히 영어 공부를 해서 독해력을 키운 뒤 여기로 책을 사러 오자고 결심했다. 미래를 향한 공상을 키워 가는 마키코는 즐거운 흥분마저 느꼈다.

어슬렁어슬렁 서가를 걷는데, 패션 잡지 앞에서 눈을 반짝이며 이것저것 들여다보고 있는 비슷한 연령대 여자아이들이 보였다.

'패션 잡지만 들여다본다고 지식이 쌓일까.'

평소 속으로 그렇게 중얼거리던 마키코는 걸어가면서 영어권 서가의 책등에 적힌 글자 일부를 읽을 수 있다는 것만으로도 기뻐서 가만히 바라보았다. 마키코는 그 가운데 한 권의 책등에서 이런 글자를 읽을 수 있었다.

What should we do.

'우리는 무엇을 할 것인가. 그렇게 번역하는 거겠지?'

알아볼 수 있다는 게 기뻤다. 우리는 무엇을 할 것인가. 마키코는 몇 번이고 입 속으로 중얼거렸다. 분명 우리 인간이 무엇을 해야 하는지를 적어 놓은 책이리라. 어학 실력이 된다면 당장이라도 사서 읽어 보고 싶었다. 하지만 지금 학교에서 배우는 독해력으로는 물론 불가능했다. 아, 빨리 어른이 되어 공부를 하고 싶다. 마키코는 제목만 읽고 내용은 알 수 없는 갈색 직물 표지의 영어책과 작별을 나누며 마루젠 서점을 나왔다.

하지만 마음속으로 '우리는 무엇을 할 것인가?' 하는 생각이 반복해서 들었다. 그녀는 정말로 인간으로 태어나 무엇을 해야만 하는가, 빨리 그것을 알고 싶었다, 인간은, 나는, 빨리 그것을 알고 그걸 위해 일하고 싶다고 생각했다. 그녀는 마치 어른 여성 철학자처럼 고민에 빠져 집으로 돌아왔다. 이미 거리에는 땅거미가 지고 있었다.

앞서거니 뒤서거니 동생 와타루와 아버지 일행도 집에 돌아왔다. 오가와 씨도 함께 다 같이 저녁 식사를 했다. 모처럼 일요일에 손님이 온 탓에 어머니도 일어나 식탁에 앉았다.

"와타루, 재밌었어? 오늘 갔던 무라야마 저수지 좋았어?"

마키코가 물었다.

"으음."

와타루는 애매하게 이도저도 아닌 대답을 하고는, 아버지와 오가와 씨 몰래 뒤에서 별로 재미없었다는 뜻을 나타냈다.

"그나저나 마키코, 이제 혼자서 쇼핑도 잘 하는구나."

어머니는 혼자 외롭게 긴자 거리를 헤매며 물건을 사러 다녔을 딸을 위로하고 칭찬하고 싶었다.

"엄마, 나 오늘 멋진 책을 찾았어. 그런데 영어로 쓰여 있더라고. 아직 읽을 수가 없어서 정말 아쉬웠어. 하지만 제목은 읽을 줄 알아. What should we do! 우리는 무엇을 할 것인가, 그런 뜻이지? 무슨 내용이 쓰여 있을까. 빨리 읽을 수 있으면 좋겠어."

마키코는 그 책 제목을 생각하고 있었다는 사실을 얼른 어머니에게 말하고 싶었다.

"그건 아마 톨스토이가 인간의 의무에 대해 쓴 논문이 아닐까 싶네."

어머니는 지식이 상당한 사람이었다.

"맞아, 엄마 대단해. 거기 대체 뭐라고 쓰여 있어?"

마키코가 눈을 반짝이자 어머니는 웃으며 말했다.

"그건 모르겠어. 그저 그런 책이 있다는 걸 언젠가 어떤 잡지에서 소개했던 것 같아. 마키코가 어서 열심히 공부해서 읽은 뒤에 엄마한테 알려 주렴."

"응, 그럼 나 엄마 몫까지 읽어야겠네. 그런데 정말로 인간은 태어나서 무엇을 해야만 할까?"

마키코의 지식욕은 눈동자와 함께 반짝이며 타올랐다. 그때 아버지의 목소리가 들렸다.

"마키코, 그런 책은 읽지 않아도 다 안다. 인간은 무엇을 해야 하는가. 사람의 의무는 말이지, 남자는 똑똑하게 머리를 굴려 학문을 하고 과학으로 연구를 거듭해서 업적을 쌓아 인류에 공헌하고, 여자는 결혼해서 가정을 꾸리고 아이를 양육하는 천직이 의무다. 그것 말고는 없어. 알았느냐."

그런 아버지의 목소리가 마키코의 귀에는 차갑고 잔혹하게 들렸다. 이 꿈 많은 여자아이에게 아버지의 단순한 말은 너무도 아프고 잔인하며 무자비한 선고였다.

"그러니까 여학교는 말이죠, 여자아이들에게 그런 의무를 가르치는 곳이에요."

그렇게 끼어든 건 오가와 씨였다.

마키코는 그런 참견이 역겨웠다. 평소 이 사람에게 막연한 저항감을 갖고 있던 마키코는, 이날 이후 그를 완전히 싫어하게 되었다. 아버지만 보면 그저 아부하기 바쁘고, 아버지가 무슨 소리를 하든 네네 하며, 신세대 젊은이다운 신선함이라고는 없는 사람이었다.

마키코는 식사를 마치자마자 서둘러 일어나 자기 방에 틀어박혔다.

'우리는 무엇을 할 것인가?' 정말 아빠 말대로 그렇게 시시한 내용일까?

마키코는 곰곰이 생각에 잠겼다.

'──아니, 아니야. 분명 여러 가지 내용이 있을 거야. 여성이 무엇을 해야 하는지, 그런 가슴 뛰는 생생한 이야기들도 틀림없이 많이 적혀 있을 거야──.'

아무래도 마키코는 그렇게 생각하고 싶었다.

선물 교환

"어머, 이거 나 주는 거야?"

교정 북쪽 구석 널따랗게 펼쳐진 언덕에 잎이 우거져 빛이 들지 않는 커다란 히말라야삼나무 그늘 아래에서 마키코가 어느 일요일 고심해서 고른 늦은 생일 선물을 주려 했을 때, 요코가 과장되게 소리를 질렀다.

마키코는 손에 선물 꾸러미 두 개를 들고 있었다. 둘 다 같은 포장지에 붉은 리본이 묶여 있었다. 하나는 요코에게, 하나는 가즈에에게 줄 선물이었다.

"뭐야? 어디 보자."

요코가 자기 손에 들린 선물 리본을 풀자, 녹색 우단 주머니에 든 작은 꽃바구니 모양의 실버 캔디 상자가 나왔다.

"저런……."

그걸 본 순간 요코는 기쁜 표정이라기보다는 조금 실망한 얼굴이 되었다.

"새로 산 거 말고 네가 몸에 지니고 다니는 것을 달라고 그렇게 말했는데, 마키코 너 정말 냉정한 아이구나."

요코는 오히려 원망스러운 어조였다.

"내가 가진 것 중에는 너한테 어울릴 만한 물건이 없어서……."

마키코는 난처했다.

그때 요코의 시선이 마키코가 들고 있는 다른 선물 꾸러미로 향했다.

"정말 못됐어. 나한테 준 거랑 똑같은 걸 다른 사람한테도 줄 모양이네. 어쩜 그럴 수가 있니!"

요코는 벌써 기분이 상해서 뾰로통해 있었다.

"아니야, 이건 잉크스탠드야!"

마키코가 솔직하게 말했다.

"어머, 멋져라. 책상 위에 캔디 상자를 두고 살 정도로 내가 먹보는 아니야. 하지만 잉크스탠드는 항상 놓여 있지. 선물 준 사람도 늘 기억할 수 있고. 나 그걸로 받고 싶어. 그걸 나한테 줘. 제발 부탁이야, 내 평생 소원."

그러면서 한껏 부풀려 애원하는 요코였다.

마키코야 무슨 선물을 주든 상관없지만 장식적인 실버 캔디 상자가 부르주아 아가씨인 요코에게 더 어울린다고 생각했다. 실용적인 잉크스탠드는 공부를 잘하는 가즈에에게 적당한 선물이라고 생각하고 고심한 것이기에, 지금 제멋대로 선물을 바꿔 달라고 졸라 대며 여왕 행세를 하는 요코가 조금 무서워졌다.

"내 부탁, 안 들어줄 거야?"

요코는 고개를 한쪽으로 까딱하며 자기 전문인 아양을 떨어 보였다.

마키코는 입을 꾹 다물어 버렸다.

"마키코, 너 지금 내가 선물 받는 주제에 억지 부리며 무례한 행동을 한다고 생각하지? 하지만 내가 왜 그러는지 이유를 아니?"

요코가 묻는 말에 마키코는 담백하게 대답했다.

"모르겠어."

참으로 무뚝뚝한 말투였다.

"그건 말이지, 내가 널 너무 좋아하기 때문이야. 나는 좋아하는 사람 앞에서 제멋대로 굴기로 다짐했거든."

그렇게 다짐했다니, 마키코는 무슨 죄란 말인가. 그녀는 얼굴이 빨개진 채 할 말을 잃었다.

"그러니까 그 잉크스탠드는 나한테 줘. 알겠지?"

요코는 언제나처럼 고압적이었다.

"그거, 누구한테 주려던 건데?"

요코가 묻는 말에도 마키코는 입을 열지 않았다.

"아무튼 다른 사람한테 이 캔디 상자를 주면 되잖아."

요코는 혼자 그렇게 결정하고는, 어서 잉크스탠드 선물을 가져오려고 캔디 상자를 도로 넣어 리본으로 묶은 다음 마키코에게 건네주었다.

마키코는 완강하게 거절할 힘이 없었다. 좋아하는 사람 앞에서 제멋대로 굳기로 다짐했다고 못을 박는 요코에게, 뭐라 받아칠 말이 없었다.

그렇게 요코는 자기 마음대로 마키코에게서 낚아챈 선물을 기쁜 듯 끌어안으며 말했다.

"정말 고마워. 오늘부터 당장 책상 위에 올려 두고 소중히 쓸게. 내가 가진 물건 중에 이게 제일 좋아."

그러고는 넋이 나간 마키코의 귓가에 대고 미소를 지으며 말했다.

"내가 억지로 받아 낸 이 잉크스탠드, 대체 누구 줄 생각이었어? 우리 반 애야? 알려줘. 나, 알고 싶어. 왜냐하면 그 사람이 너무 얄미우니까."

마키코는 그만 질려서 대답도 하지 않고 요코를 돌아보지도 않았다. 그게 마음이 상했는지 요코는 뾰로통해져서 말했다.

"하지만 통쾌하네. 나한테 잉크스탠드를 뺏기고 캔디 상자를 받게 됐으니."

그러면서 마키코를 혼자 남겨 두고 히말라야삼나무 아래를 도망치듯 빠져나와, 아무 일 없었다는 듯 여왕을 둘러싸는 온건파 무리 속으로 들어가 버렸다.

마키코는 캔디 상자를 싼 리본을 정성스레 다시 묶고, 수업이 시작하기 전에 교실 안 가즈에의 책상 위에 선물을 놔두었다. 포장지 위에는 '노트를 빌려준 보답으로—마키코'라고 썼다. 요코한테 그랬듯이 선물을 직접 건네주지 않은 건 마키코의 마음이 편치 않았기 때문이다. 모처럼 가즈에에게 어울리는 선물을 샀다고 생각했는데, 요코에게 빼앗기는 바람에 엉뚱하게 캔디 상자를 줘야 했다. 그걸 다 알면서 아무렇지 않은 얼굴로 선물을 건넨다는 게 진심이 깃들지 않은, 불친절한 행동처럼 여겨졌다.

자기 자리로 돌아온 가즈에는 뜻밖의 선물을 발견하고 책상 속에 집어넣었다. 조금 뒷자리에서 그 모습을 지켜보던 마키코는, 역시 요코가 아니라 가즈에에게 잉크스탠드를 줄 것을 그랬다고 후회했다.

수업이 끝난 뒤, 가즈에가 마키코에게 와서 꾸벅 인사를 하더니 조금 붉어진 얼굴로 멈칫거리며 말했다.

"선물 고마워. 하지만 보답은 필요 없어. 너에게 노트가 도움이 되었다면 나는 그걸로 충분히 기뻐……."

그러고는 선물을 그대로 돌려주었다. 붉은 리본 매듭은 풀지도 않은 채였다. 그게 무슨 큰일이라고 긴장해서 몸이 굳어 있는 가즈에를 보니, 로봇이라고 불릴 만큼 공부밖에 모르는 애가 수업 시간 내내 선생님 말씀에 집중도 못하고 생각에 생각을 거듭해서 내린 결론인 듯했다.

"아니야, 보답이랄 것까지는 아니고 그냥 고마움의 표시야. 부디 받아 줘."

마키코는 가즈에에게 다시 선물을 돌려주었다. 요코가 제멋대로 선물을 바꿔 간 것과는 반대로, 이번에는 선물을 가져가게 하는 데 노력이 필요했다.

"하지만……."

그래도 가즈에는 받으려고 하지 않았다. 이래서는 끝이 없겠다고 판단한 마키코는 조금 단호하게 말했다.

"애써 준비한 선물인데 이렇게 돌려주면 내 마음이 상하잖니!"

물론 마키코가 농담 삼아 가볍게 던진 말이었다.

하지만 가즈에는 너무 진지하게 받아들인 모양인지 순식간에 낯빛이 바뀌었다.

"미안해, 정말 미안해. 그럼 받을게."

가즈에는 당황하며 선물을 들고 자기 자리로 돌아가 책상 서랍 속에 소중히 넣었다.

가즈에의 생각

가즈에는 그날 방과 후 집에 돌아와서도 마음이 편치 않았다.

"다녀왔습니다……."

낡은 격자문을 열고 집으로 들어가자 여동생 유키에가 뛰어나왔다.

"언니, 어서 와!"

그러면서 언니를 와락 끌어안았다.

"엄마는?"

그러자 유키에가 불만스러운 표정으로 언니에게 일렀다.

"없어. 엄마는 나빠. 오빠 비행기 사 준다고 둘이 나가고 나 혼자 집에 남겨 둬서 외로웠어."

"저런, 가엾게 혼자 집을 지켰구나. 언니가 일찍 왔으니까 이제 괜찮아."

가즈에는 여동생을 위로하며 따뜻하게 머리를 어루만졌다.

"미쓰오도 이상하네. 그 나이에 아직도 장난감 비행기라니."

가즈에가 이상하게 생각하자 유키에가 고개를 가로저었다.

"아니야, 장난감보다 훨씬 좋은 거래. 진짜 비행기처럼 하늘을 난대. 재료를 사서 멋지게 조립해 날리는 거야. 이만큼 큰 거래."

유키에는 자기 두 팔을 쭉 펴 보였다.

"오빠 학교 친구들은 다 가지고 있대. 이번에 비행기 날리기 시합을 하나 봐. 재료가 조금 비싼데 종류가 많으니까 엄마도 보고 좋은 걸 산다고 따라간 거야."

"그렇구나."

"엄마 미워. 오빠만 예뻐하고. 오빠가 필요하다면 다 사 주잖아. 난 저런 인형밖에 없어도 꾹 참고 있는데. 아빠가 없으니까 아껴 써라, 아껴 써라. 이젠 지겨워——."

유키에는 평소 가지고 있던 불평불만을 이 기회에 언니에게 쏟아 냈다.

"그래, 하지만 괜찮아. 이제 곧 언니가 학교 졸업하고 취직해서 월급 타면 제일 먼저 유키에한테 뭐든지 사 줄게. 어때, 좋지?"

가즈에는 웃으며, 진심으로 자기 장래의 꿈 일부를 털어놓았다.

"응, 좋아! 마츠야 백화점이나 미츠코시 백화점에 가서 쇼핑도 하고 식당에도 가자. 그럼 나 거기 가서 팬케이크하고 디저트 먹어도 돼?"

유키에가 언니 얼굴을 들여다보며 진지한 표정으로 귀엽게 물었다.

"하하하, 뭐야 유키에. 벌써부터 그때 뭘 먹을지 정하다니, 하하하하."

가즈에는 웃으면서도 가슴이 꽉 조이는 기분이 들었다. 올 봄 방학 때였다. 가즈에는 여동생을 데리고 장을 보러 시내에 갔었다. 유키에를 위해 재미삼아 대형 백화점을 둘러보다가 마침 점심때라 식당에 들어갔다. 얼마 안 되는 용돈이었지만 여동생을 위해 쓸 생각이었다.

"아무거나 먹고 싶은 거 골라 봐."

언니의 말에 신이 난 유키에는 식당 앞 진열대에 늘어선 사람들 사이로 이리저리 고개를 밀어 넣으며, 이게 좋을까 저게 좋을까 하고 평생의 큰 결정이라도 되는 것처럼 음식을 하나하나 노려보았지만, 결국 뭘 골라야 할지 몰라 울음 섞인 목소리로 말했다.

"언니, 너무 많아서 뭘 고를지 모르겠어."

한참을 기다린 대답이었다.

"하하하, 그럼 초밥 먹을까?"

"응."

두 사람은 초밥을 시켰는데, 그 후 옆 테이블에서 유키에 또래 어린아이가 팬케이크와 디저트를 아주 맛있게 먹고 있는 모습을 발견했다. 유키에는 무척이나 후회스러운 표정으로 말했다.

"언니, 나 저거 먹을 걸 그랬어."

가즈에가 순진한 동생에게 작은 목소리로 "다음에는 저거 사

줄게" 하고 말한 걸 동생은 잊지 않고 있었던 것이다. 가즈에는 대수롭지 않은 백화점 지하 식당의 값싼 음식도 더없이 즐겁게 기다리며 잊지 않고 있는 어린 여동생의 마음이 가여웠다.

아버지 없이 퇴직 연금을 주 수입으로 사는 가정에서 알뜰하게 사는 건 당연했다. 어머니는 아버지의 유언을 소중히 지키며, 외아들인 미쓰오를 훌륭한 군인으로 만들어 아버지 뒤를 잇게 하겠다는 목적에만 정신이 팔려 있었다. 아버지가 돌아가신 뒤로는 미쓰오가 일가의 주인이라도 되는 것처럼 떠받들었고, 그 애가 원하는 것이라면 무리를 해서라도 들어주었다. 마치 아들에게 복종하는 듯했다. 가즈에와 유키에를 소홀히 대하는 것은 아니었지만, 딸들은 늘 아들 다음이었다. 가즈에는 아버지의 유언을 필사적으로 지키려는 어머니의 마음을 이해해서 체념하고 있었지만, 아직 철없는 유키에는 늘 불평이었다. 어리광부릴 나이인 만큼 불만을 호소하는 동생이 가여워서 가즈에는 어머니 대신 유키에를 감싸 주며 예뻐했다.

"유키에, 이리 와서 언니랑 같이 놀자."

동생을 데리고 책상에 앉은 가즈에는 오늘 학교에서 마키코에게 받은 선물을 꺼냈다.

"우와, 예쁘다. 빨간 리본이 묶여 있어. 언니, 이거 뭐야?"

유키에가 눈독을 들이며 물었다.

"오늘 학교에서 친구한테 받은 거야. 뭘까? 열어 보자."

가즈에가 리본을 풀자 "언니, 이 리본 나 줘" 하고 유키에가 얼른 졸랐다.

"그래, 너 줄게. 잘 넣어 둬."

동생에게 리본을 주고 포장을 풀자 녹색 주머니가 나타났다.

"어머나, 너무 멋있다."

유키에가 눈을 동그랗게 뜨고 언니를 올려다보았다. 가즈에도 놀랐다. 그저 노트를 빌려줬을 뿐인데 이렇게 멋진 물건을 주다니. 안에 대체 무엇이 들어 있을까. 시계? 보석? 설마——.

두근두근 떨리는 가슴으로 주머니를 열자, 안에서 반짝이는 꽃바구니 모양의 은그릇이 나왔다.

"우와!"

유키에가 깜짝 놀란 사람처럼 벌떡 일어나 흠칫흠칫 그 물건을 들여다보더니 탄식을 쏟아 냈다.

"세상에!"

가즈에도 깜짝 놀랐다. 노트를 빌려줬다고 이런 물건을 받을 줄은 생각도 못했고 자연스러운 일도 아니라는 생각이 들었다.

"언니, 이거 뭐야? 전부 은이야? 100엔은 할 것 같아!"

유키에는 진짜로 귀한 물건을 다루는 사람처럼 조심조심 은그릇을 두 손에 올려 보았다. 금이나 은은 전부 비싸고 100엔이라는 돈도 보통 액수가 아니라는 걸 어린 마음에도 알고 있었기에 거듭 감탄했다. 그건 사실 7엔 정도 하는 은그릇이었다.

가즈에는 동생과 달리 그저 걱정스럽고 난처한 기분이었다.

마키코는 어째서 이렇게 멋진 물건을 내게 주었을까. 정말로 이상했다. 의외의 선물을 한 마키코의 마음을 헤아려 보고 싶었지만 도무지 알 수가 없었다. 그러다 문득 어떤 생각이 떠올랐을 때, 가즈에는 자기도 모르게 가만히 얼굴이 빨개졌다.

혹시   나를 좋아하나? 그 생각 말고는, 이 멋진 선물의 수수께끼를 풀 열쇠가 없는 것만 같았다.

노트를 빌려줘서 고맙다는 핑계로 내게 멋진 선물을 주려던 걸까——. 혼자만의 착각일지도 모르지만. 가즈에는 처음으로 그런 생각에 사로잡혔다.

"언니 좋겠다, 너무 예뻐."

하염없이 바라보던 유키에는 언니가 무슨 생각에 잠겨 있는지도 모르고 말했다.

"이렇게 멋진 선물을 주다니, 언니 친구는 부잣집 아가씨네. 언니도 훌륭해, 이런 선물을 받다니."

"하하하하, 언니는 훌륭하지 않아. 그냥 노트를 빌려줬을 뿐이야. 그 친구가 병이 나서 결석한 동안 필기한 노트. 그 보답으로 준 거야."

"노트라면 필기장을 말하는 거지? 나도 언니 친구한테 필기장 빌려줄까."

"유키에는 못 말려. 보통소학교 2학년 노트가 여학교 언니들한테 필요할까?"

하지만 유키에는 그저 황홀한 표정으로 은그릇을 이리저리 쓰다듬고 만지며 중얼거렸다.

"근데 여기 뭘 넣지? 꽃병인가?"

"물이 새지. 이 사이로……. 분명 초콜릿 같은 예쁜 과자를 담아서 테이블 위에 올려 두는 물건일 거야."

"그럼 캐러멜 넣어도 돼?"

유키에가 물었다. 당장이라도 캐러멜을 넣어 보고 싶었던 것이다.

"캐러멜은 안 어울려. 귀족스러운 물건이라서 그런지 우리 집에는 안 어울리네."

"그럼 언니가 초콜릿 사서 넣어 줘."

"그래, 내일."

"가끔씩 내 책상에도 빌려줄래?"

"하하하, 그럼 지금 잠깐 빌려줄게."

그러면서 은그릇을 여동생의 작은 책상 위에 올려 주었다.

이튿날, 학교 복도에서 가즈에와 마키코가 딱 마주쳤다. 마키코는 별생각 없이 인사를 했는데, 가즈에가 얼굴이 빨개져서는 잰걸음으로 도망을 쳤다.

요코가 제멋대로 잉크스탠드를 바꿔치기해 간 바람에 멋진 캔디 상자가 자신에게 돌아갔다는 사실을 꿈에도 모르는 가즈에는, 마키코의 마음을 헤아리지 못해 이러지도 저러지도 못하고 있다가 때마침 마키코를 맞닥뜨려 심장 박동이 매우 빨라져 있었다. 청순하고 성실한 자세로 단순하게 살던 가즈에였기에, 이런 미묘한 우정 문제에도 금세 진지해져서 고민을 하거나 외곬으로 생각하곤 했다.

따지고 보면 한눈팔지 않고 공부만 열심히 하는 탓에 피가 통하지 않는 '로봇'이라는 별명이 붙었던 가즈에가 사실은 남들보다 몇 배는 뜨겁고 속이 깊은 사람이었다.

여름의 계획

한 학기 시험이 끝날 무렵, 여름 방학이 코앞으로 다가왔다.

마키코와 요코와 가즈에 모두 학교 생활은 크게 달라진 것이 없었고, 세 사람의 관계 역시 지금까지와 마찬가지로 별다른 진전이나 변화가 없었다. 말하자면 마키코는 개인주의자다웠고, 요코는 온건파 여왕다웠으며, 가즈에는 늘 그렇듯 로봇과 같은 생활을 이어 갔다——.

그렇게 한 학기가 흘러 여름 방학이 다가오자, 세 사람은 50일 정도 떨어져 지내게 되었다.

——하지만 역시 요코는 요코였다. 이미 여름 방학 계획을 세우고 있었다.

"마키코, 여름에 가루이자와에 오지 않을래? 우리 집 산장이 거기 있거든. 아주 조용한 곳이야. 너 혹시 유명한 사업가 아사부키 씨 아니? 그분 별장에서 조금만 더 들어가면 돼. 나, 벌써부터 올 여름에 널 초대할 계획을 세우고 있었어. 어때? 한 일주일 정도——."

학교에서 요코의 초대를 받은 마키코는 "응, 고마워. 엄마 아빠한테 물어볼게" 하고 대답했지만 물론 갈 마음은 없었다.

이튿날 마키코가 요코에게 말했다.

"미안하지만 가루이자와는 못 갈 것 같아. 엄마한테 물어보니까 요즘 아사마산 분화가 예사롭지 않다고 위험하다고 하시네. 후후후."

마키코는 자기가 생각해도 핑계가 우스워 웃었다.

"어머 왜, 멋있잖아? 화산이 폭발하면 붉은 용암이 흘러넘쳐서 가루이자와가 폼페이처럼 폐허가 될지도 모르지. 나는 그렇게 되면 너무 로맨틱할 거라고 전부터 생각했어. 넌 싫어? 나랑 같이 용암에 빨려 드는 게, 호호호호."

요코는 요염하다고 할 만한 웃음을 짓다가 곁눈으로 살짝 마키코를 보았다.

마키코는 늘 그렇듯 침묵 전술로 일관했다.

"그럼 넌 어디로 여름 휴가 가는데?"

요코가 물었다.

"보통은 가마쿠라에 가는데, 요즘 엄마 건강이 안 좋으셔서 올해는 안 가. 하지만 엄마가 잠깐이라도 어디 다녀오라고 하셔서 학교 수영부에 들까 해."

마키코 가족은 매년 가마쿠라에 작은 집을 빌려 여름 동안 그곳에서 지냈지만, 올해는 아버지가 연구로 바쁜 데다 어머니까지 몸이 안 좋았다. 환자가 바닷가의 좁고 불편한 집에서 지내느니, 도쿄의 조용한 집에서 편히 쉬는 게 나을 것으로 보여서 가마쿠라에는 가지 않기로 했다. 하지만 그렇게 되면 아이들이 가엾다는 말이 나와 마키코는 학교에서 매년 열리는 수영부에 들기로 했고, 남동생 와타루는 전에 왔던 오가와 청년과 보소반도 해안에 가기로 되어 있었다.

"어머, 학교 수영부에 들어가려고? 그렇구나——."

요코는 잠시 포기한 듯 보였지만 "그럼 나도 같이 갈래. 넌 몇 반으로 들어갔어?" 하고 물었다. 수영부는 1반, 2반, 3반으로 나뉘어 7월 하순부터 8월 하순까지 세 번에 걸쳐 교대하고 있었다.

"방학하자마자 바로 출발하는 것보다는 집에서 쉬다가 여유 있게 가자 싶어서 3반에 들었어."

마키코가 말했다.

"그래? 그럼 나도 그 반에 들어가야겠다. 가루이자와 갔다 와서 또 가는 거지."

요코는 벌써 그렇게 마음을 굳혔다.

올해 요코가 수영부에 들었고 합숙까지 하러 간다는 사실은 반 아이들 사이에서 금방 퍼졌다. 어째서 요코가 그런 동아리에 들어갈 필요가 있었는지, 그 이유는 몰랐지만 그렇기에 더욱 미스터리한 일이었다. 요코가 이끄는 온건파 무리는 다들 자기 별장을 자랑하는 데 여념이 없었다. 고즈, 하야마, 가마쿠라, 그 밑으로 조금 더 내려가 호조 등등 자기네 별장으로 피서를 떠나는 아이들은, 요코가 어째서 학교 수영부에 들어가 지저분한 숙소에서 자고 초라한 해변에서 헤엄치려 하는지 알 수 없었다. 공작과 같이 아름다운 요코가 갑자기 학교 수영부에 들어갔다고 하니, 이 소식이 퍼져 수영부에 들어오는 사람이 더 많아졌다. 수영반을 하나 더 만들지도 모른다는 소문까지 나돌았다.

"요코, 헤엄 잘 쳐? 넌 늘 가루이자와로 가잖아. 거긴 산밖에 없는데. 수영할 수 있겠어?"

그런 질문도 받았다. 여왕을 향한 충직한 마음에서 나온 걱정이었지만 별 도움은 되지 않았다.

"됐어, 자유형은 가루이자와 풀장에서 멋지게 마스터했으니까. 올 여름엔 바다에서 카약 연습이나 시작해 볼까 생각 중이야."

요코는 지금 당장이라도 카약을 어깨에 메고 바다로 떠날 기세였다.

이런 소동 가운데 가즈에는 어쩌고 있는가 하면, 절약 제일인 어머니의 방침으로 피서 같은 건 생각해 보지도 못하고 있었다. 다만 남동생 미쓰오는 아버지 뒤를 이어 장래에 군인이 될 소중한 아들이었기에, 학교에서 주최하는 숲속 여름 학교에 들어가 2주일 정도 시나노 고원으로 떠날 예정이었다. 가즈에와 유키에는 뜨거운 도쿄에서 여름을 나는 수밖에 없었다.

수영 합숙

즈시에서 버스를 타고 솔숲과 어촌 사이로 난 해안 도로를 20분가량 달리면, 조용한 파도가 파랗게 일렁이는 해안에 닿는다. 몇 년 전 어느 건설 회사가 개장한 이 해수욕장에는 임대 별장 몇 채와 료칸 및 음식점을 겸한 대형 해변 숙박 시설이 들어서 있을 뿐, 주변에는 작은 가게 하나 없이 쓸쓸한 바닷가 구석 마을이었다.

그곳의 임대 별장 한 곳이 올 여름 어느 여학교의 수영 합숙소가 된 덕에, 해수욕장이 개장한 이래 가장 화사하고 번잡한 분위기를 자아냈다.

8월 중순이 끝날 무렵 3반 수영부 학생들이 도착했다. 마키코와 수영 합숙에 참가하기 위해 어제 일부러 가루이자와에서 돌아온 요코도 그중 하나였다.

"맙소사, 이렇게 초라할 수가!"

요코가 합숙소 문으로 한 발 들어서며 새된 목소리를 내질렀다. 요코는 '개인 소지품은 가볍고 간소하게'라는 학교의 전달 사항을 무시하고 커다란 수트케이스에 빨간 가죽 핸드백, 심지어 여름용 모자를 넣을 둥근 모자 케이스까지 챙겨 온 마당이었다. 당일 몸치장은 두말할 것도 없었다.

정말이지 그곳은 요코 아버지 소유의 가루이자와 산장에 비하면 대단히 협소하고 소박했다. 폭이 겨우 9미터가량 되는 일본식 임대 별장에 지나지 않았던 것이다. 하지만 다른 학생들은 도착하자마자 다 같이 환성을 지르며 즐거워했다.

다들 도쿄에 살면서 그곳에 있는 여학교에 다니니 기숙사 경험이 없었고, 몇몇은 기숙사 생활에 동경을 품고 있기도 했다. 아이들은 올 여름 열흘 동안 집을 떠나 친구들과 함께 지내는 생활이 신기하고 자극적이라 기쁘기 그지없었다.

짐을 푼 뒤 앞서 다녀간 2반 아이들이 내버려 둔 당번표를 떼고 3반 것을 새로 만들어 붙였다. 취사 당번, 청소 당번, 욕실 당번, 그리고 질서 당번이라는 항목이 있었다. 수영부 감독으로 학생들을 인솔해 온 선생님이 당번표에 대해 설명했다.

"취사 당번은 따로 말하지 않아도 알겠지요. 모두의 밥을 짓는 역할입니다. 메뉴판을 만들어서 맛있는 식사를 준비해 주세요. 물론 선생님과 상담도 가능합니다. 매일매일 해야 하는 소중한 당번이니 네 명씩 조를 나눠 주시고요. 청소 당번, 이건 세 명씩 교대하겠습니다. 욕실 당번, 그러니까 목욕탕 당번은 두 사람씩입니다. 그리고 질서 당번, 이건 막대한 정신적 책임이 따르는 역할입니다. 수영 합숙소 내에서는 여러분의 인격을 존중하여 자치 제도를 도입합니다만, 여러분의 행동 규칙과 예절은 여러분끼리 지켜야 합니다. 이를 위해 리더로서 5학년 가운데 한 사람씩 질서 당번을 맡아 주시기 바랍니다. 만약 합숙소 규칙을 어기거나 학교의 명예를 실추시키는 언동을 하는 사람은 질서 당번이 따끔하게 벌을 주어도 좋습니다. 알겠습니까?"

선생님 말씀이 끝나자 누군가가 "그러니까 질서 당번은 경찰 같은 거네" 하고 말해서 다들 까르르 웃음이 터졌다.

당번표를 본 요코는 자기도 모르게 한숨을 내쉬었다. 좋아하는 마키코와 열흘이나 같이 있을 수 있다는 생각에 올해 처음으로 학교 수영부에 가입했는데, 덕분에 이런 무시무시한 역할을 싫어도 한 번씩은 맡아야 했다. 취사 당번이니 청소 당번에, 심지어 목욕탕 장작불까지 때야 하다니.

도착한 날은 아직 숙소 정리가 되지 않아서 담당 당번이 너무 힘들 수 있기에 수영은 내일부터 개시하기로 하고 그날 밤은 다 같이 바다로 나갔다. 내일부터 헤엄칠 바다는 차분하게 철썩철썩 파도치고 있었다. 특별한 풍광이 없는 해변이었지만 수영을 배우는 사람들에게는 천연 풀장처럼 적합한 곳이었다. 모래사장 근처에 기다란 통나무 하나가 놓여 있었다. 초심자가 거기서 선생님의 코치를 받을 모양이었다.

해변 숙박 시설에 등불이 켜지고, 라디오인지 축음기인지에서 노래가 흘러나왔다.

"너무 늦기 전에 돌아가야 합니다."

질서 당번이 바다에 들어간 아이들에게 주의를 주며 해변으로 나오도록 했다.

"저기, 허리띠는 이걸 써도 되나요?"

유카타에 연분홍색 어린이용 허리띠를 매고 어린아이 같은 분위기로 서 있던 3학년생이 순진한 목소리로 물었다.

"뭐, 괜찮지 않을까?"

질서 당번이 쿡쿡 웃는다.

식사 시간에는 간이 테이블을 썼다. 노송나무로 만든 길쭉한 상을 여러 개 이어 붙여 밥을 먹고, 식사가 끝나면 곧바로 접어 정리했다. 늘 펴져 있는 건 선생님이 쓰는 책상 하나뿐인 듯했다. 교실에서처럼 자기 책상을 하나하나 가져다 놓으면 좁은 별장이 책상으로 꽉 차서 사람이 있을 자리가 없는 지경이었다. 그래서 다들 다다미 위나 선반 틀, 툇마루 같은 작은 공간에 기대어 도쿄 가족들에게 잘 도착했다는 그림엽서나 편지를 썼다.

마키코는 어머니에게 엽서를 썼다.

첫날이 저물었습니다. 소란스럽긴 하지만 여자 형제가 없는 저는 어머니 말씀대로 친구들과 공동 생활을 하며 이런저런 경험을 할 수 있을 것 같습니다. 내일부터 바다에 들어갑니다. 바닷바람을 맞고 건강한 모습으로 집에 돌아가서 어머니 곁에서 이야기를 많이많이 해 드릴게요. 아직은 백지처럼 새하얗지만 앞으로 어떤 생활이 펼쳐질지——. 다가오는 시간을 가능한 한 매일매일 즐겁고 유익하게 보내기 위해 애쓸 생각이에요.

몸 건강하세요. 아버지에게도 안부를.

마키코는 오가와 청년을 따라 보소반도에 가 있는 동생 와타루에게도 엽서를 썼다. 그런 마키코에게 몸을 바짝 붙이듯 하며 요코도 엽서를 쓰고 있었다. 요코는 금장식이 들어간 만년필을 귀찮은 듯 휘갈겼다.

합숙소가 너무 좁아서 닭장 속 병아리처럼 지내고 있어. 밤에 덧문을 닫으면 숨이 막혀 버릴지도 몰라. 바다는 그냥 해변만 덜렁 있고 파라솔 하나 없네. 그건 그렇고 여긴 식사가 진짜 너무 비참해서 슬퍼. 내 위장은 델리커트하다고요. 엄마, 부탁인데 리비 통조림이나 그 밖의 식료품 좀 보내 줘. 나 좀 살려 줘.

요코가 어머니에게 보낸 첫 번째 엽서였다. 그걸 다 쓰고는 가져온 초콜릿 통을 열어 한 개 집어 들었다.

"마키코, 먹을래?"

옆에 있는 마키코에게 권하자 마키코는 조금 생각해 본 뒤 말했다.

"저녁에 간식을 먹어도 되나? 질서 당번에게 한번 물어보고 올까?"

참으로 소심하다.

"어머, 그럼 질서 당번에게 뇌물로 초콜릿을 조금 주자, 호호."

범칙자

수영은 오전에 한 번 오후에 한 번으로 정해져 있었다. 다 같이 바다로 나가 선생님 감독 아래 강습을 받았다. 해변 숙박 시설 2층에 따로 방을 잡은 남자 선생님이 수영부 총감독인 책임자였다. 첫 수영 개시에 앞서 해변에서 선생님의 주의 사항 훈시가 있었다. 색색의 수영복을 입은 학생들은 모래사장에서 선생님을 둘러싸고 둥글게 모여 이야기를 들었다. 1반 아이들 합숙 때부터 있어서 이미 새까맣게 탄 선생님은 검게 빛나는 동상 같았다.

"주의 사항은 많지만 우선 가장 중요한 건 저 붉은 깃발 밖으로 절대로 나가서는 안 된다는 것이다. 아무리 수영에 자신이 있어도 혼자서 단체 행동 규칙을 어겨서는 안 된다. 멋대로 저 깃발 밖으로 나가서 파도에 휘말려 익사한다고 해도 선생님은 일절 책임지지 않겠다, 라고 하고 싶지만 그럴 수도 없다. 그런 상황이 발생한다면 나는 너희들을 구하러 가야만 한다. 구조에 실패해서 선생님이 파도에 휘말려 죽지 말라는 보장도 없다. 그렇게 되면 훌륭한 선생이었다고 문부성에서 훈장을 줄지도 모르지만, 남겨진 내 아내와 아이가 가엾지 않느냐. 나의 아내는 내가 수영부 감독으로 여기 올 때 그 걱정만 하고 있었다. 여러분, 그러니 다들 내 아내를 불쌍히 여겨서 저 붉은 깃발 밖으로 나가지 마라. 약속하겠나?"

선생님의 목소리는 정말로 가슴에 사무쳤다. 다들 모래에 발을 박고 킥킥거리며 웃음을 참느라 애를 썼지만, 속으로는 선생님 아내가 가여우니 붉은 깃발 밖으로는 나가지 말자고 다짐했다.

붉은 깃발 안쪽은 파도가 없고 조용해서 위험하지는 않았다. 하지만 안타깝게도 해파리의 공격으로 여기저기서 꽥꽥 비명을 지르는 사람이 종종 나왔다.

우무처럼 희고 몰캉몰캉한 것들이 둥실둥실 떠다녔는데, 한 번 건드렸다 하면 펄쩍 뛰어오를 만큼 따가웠다. 그때마다 숙소로 달려가 암모니아를 바른다, 멘소래담을 바른다 난리였다. 한 번 쏘이고 나면 두려움이 생겨서 바다로 들어가도 자유롭게 움직일 수가 없었다. 다들 화가 나서 해파리 퇴치를 해 보자고 논의했지만, 마치 잠수정처럼 여기저기 교묘하게 헤엄치는 해파리를 당해 낼 재간이 없었다. 그때 누군가가 말했다.

"저 붉은 깃발 너머에는 해파리가 없어. 파도가 있으니까."

그 말에 수영을 잘하는 사람들은 아직 가 보지 못한 붉은 깃발 너머 파도에 신선한 매력과 유혹을 느꼈다.

해서는 안 되는 일은 오히려 더 하고 싶어지는 법——. 넘어서는 안 되는 붉은 깃발 너머 금지된 파도가 치는 곳이 여자아이들을 유혹하는 아름다운 인어가 사는 곳처럼 여겨졌다. 다들 붉은 깃발 너머를 동경하게 되었다.

"큰맘 먹고 가 보자!"

가장 먼저 요코가 금지된 행동을 제안하고 나섰다. 가루이자와 수영 강습에서도 무시할 수 없는 실력자였던 요코는 확실한 영법으로 자유형을 구사했다.

"마키코, 저기까지 한번 다녀오자."

요코는 항상 마키코 근처에서 수영을 하고 있었기에 제일 먼저 그녀를 부추겼다.

"음, 그럴까."

마키코의 마음도 푸른 파도 너머로 향했다. 평소 마키코라면 붉은 깃발 밖으로 나가는 것이 얼마나 나쁜 짓인지 알고 이성적으로 요코의 말에 반대했을 테지만, 조용한 집을 벗어나 여름 해변에서 북적북적한 생활을 하다 보니 어느덧 대담하고 자유분방해져 있었다.

"그래, 잠깐만 가 보자."

붉은 깃발 안쪽은 발이 닿아서, 요코는 바다에 서서 마키코의 팔을 끌어당겼다.

"문제없어. 비바람이 몰아치는 것도 아니고, 이 정도 너울에는 익사하고 싶어도 못해. 그렇잖아, 파도에 시원하게 몸을 맡겨 보지 않으면 바다에 온 보람이 없지. 그럴 바엔 차라리 목욕탕에 들어가 둥둥 떠 있는 게 낫지 않겠어?"

그러면서 요코는 보드라운 두 팔로 마키코의 몸을 바다로 밀었다.

마키코의 마음은 점점 유혹에 빠져들었다. 마키코 역시 올해 처음 수영을 배우는 아이들과 달리, 머리끝부터 격렬한 물보라를 맞으며 파도를 타는 모험을 해 보고 싶었다. 큰 파도 밑을 헤치며 나아가 푸른 하늘이 비치는 파도 사이로 고개를 쳐들면, 멀리 해변에 있는 군중이 나비처럼 작아지고, 아득히 먼 곳에 뭍이 보이는 그 찰나의 쾌감을 맛보고 싶었다.

마키코는 가만히 해변 쪽으로 고개를 돌렸다. 벌써 점심시간이 다가와 취사 당번을 도우러 숙소로 돌아간 선생님들도 있었다. 남자 선생님 한 명만 어린 그룹에 속한 아이들을 모아 물에 뜨는 방법을 가르치느라 정신이 없었다.

"튜브를 끼고 살면 몇 년이 지나도 혼자 물에 뜰 수 없다."

선생님의 커다란 목소리가 들렸다. 그런 상황인지라 먼 바다에는 신경 쓸 겨를이 없었다. 물론 지금 붉은 깃발 너머로 가고픈 반역자 두 사람이, 몰래 틈을 엿보고 있다는 건 꿈에도 알지 못했다.

"자, 지금이야!"

요코가 눈짓을 하는가 싶더니, 별안간 희고 가는 가로선이 들어간 푸른 수영복——벌써 세 번째 갈아입은 새 수영복——에서 길쭉하고 아름다운 팔다리를 쭉 뻗어 앞으로 헤엄쳐 나갔다. 아름다운 바다의 요정!

마키코는 그 모습에 이끌려 자기도 모르게 요코의 뒤를 따라 헤엄쳤다.

눈앞에 붉은 깃발이 펄럭였다. 몸이 그 앞을 스윽 지나쳤다——.

금기를 깨부수었다는 두려움과 그 반대로 뛸 듯이 기쁜 마음——, 파도가 작은 산이 무너지듯 거세게 한 차례 몰아쳤다.

"앗!"

마키코가 소리쳤다.

"괜찮아, 날 따라와!"

앞선 요코가 물에 반쯤 잠겨 있던 고개를 들고 아름다운 눈으로 마키코를 격려했다.

마키코는 계속해서 더 헤엄쳐 갔다. 돌아보니 붉은 깃발이 2미터고 3미터고 뒤로 멀어져, 더는 아무런 권위 없이 그저 그곳에 서 있었다.

"통쾌하네."

요코의 목소리가 파도 위로 들렸다. 큰 파도가 휙 몰아쳤다. 눈을 감고 그 파도 아래를 멋지게 뚫고 나갔다. 몸이 둥실 떠올랐다가 순식간에 푹 가라앉았다. 파도가 거세다. 하지만 기운이 넘쳤다. 쉬지 않고 태평양을 날아가는 비행기에 탄 것처럼 모험심에 불탔다.

"저기 저 고깃배까지 가 보고 싶어——."

파도를 먼저 넘은 요코가 그렇게 말하며 헤엄쳐 나갔다.

해변에서 선생님의 호각 소리가 울렸다. 그 소리를 신호로 다들 바다에서 나와 모래사장에 줄을 서서 인원 체크를 시작했다.

학생들은 찰방찰방 물보라를 일으키며 모래사장으로 올라갔다――.

하나, 둘, 셋, 넷, 끝에서부터 순서대로 자기 차례를 대는데 두 사람이 모자랐다.

"선생님!"

누군가 소리치며 먼 바다를 가리켰다. 붉은 깃발 너머로 밀려드는 큰 파도와 작은 파도를 시원하게 헤쳐 나가는 노란 수모와 하얀 수모가 보였다. 작은 공 같은 수모 두 개가 나란히 둥실둥실 떠 가고 있었다. 노란 수모가 마키코, 하얀 수모가 요코였다.

선생님의 낯빛이 변했다――, 라고는 하지만 새까맣게 타서 잘 구분이 가지는 않았다. 눈빛이 달라진 선생님은 말없이 바다로 첨벙 뛰어들어 붉은 깃발 쪽으로, 규칙을 어긴 두 사람을 잡으러 헤엄쳤다.

"선생님 사모님이 가여워, 가여워."

해변에 무리지어 서 있는 학생들이 떠들어 댔다. 5학년 질서 당번은 새파랗게 안색이 질려 버렸다.

벌칙 당번

요코와 마키코는 세 사람의 감독관 선생님으로부터 귀가 따갑게 "애초에 그렇게 주의를 줬는데", "3반의 불명예입니다" 같은 잔소리를 들어야 했다. 모두 앞에서 무참히 혼이 났다. 요코는 지루한 듯 듣고 있을 뿐 별반 슬픈 표정도 짓지 않았다. 마키코는 악몽에서 깨어난 기분이었다. 어째서 그때 붉은 깃발을 넘어갈 생각을 했을까? 아름다운 요정 같은 요코가 헤엄을 치는데, 그 모습에 마음이 빼앗겨 정신없이 따라나서고 말았다. ——이 사실을 어머니가 아신다면 뭐라고 하실까.—— 아울러 그녀는 자신이 여차하면 제법 대담하게 나쁜 꾐에 빠질 수 있는 아이라는 사실을 깨달았다. 그 유혹은 꽤나 즐겁고 자극적인 것이었다. 기회만 오면 못된 짓을 실행에 옮길 수 있는 자신이 두려웠다.

마키코는 이번에 집을 떠나 친구들과 생활하며, 이제껏 몰랐던 자신의 모습 하나를 또렷이 발견했다.

"이곳은 학생들끼리 자치제로 운영되니, 너희들 가운데 규칙을 어기는 사람이 나오면 스스로 논의해서 재판을 거쳐 그 사람을 처벌하도록 해라. 질서 당번이 책임자이니——."

온갖 질책을 들은 뒤 선생님은 자치제를 존중해서 범칙자에 대한 처벌과 앞으로의 대책을 5학년 질서 당번에게 모두 위임했다.

그리하여 5학년 학생들이 재판을 열고 두 범칙자에게 어떤 처벌을 내릴지 논의하게 되었다. 심의는 일절 방청 금지로 이루어졌으며, 찌는 더위에도 좁은 방에서 장지문을 꼭 닫고 약 두 시간가량 비밀리에 이루어졌다. 수영 합숙이 실시된 이래 미증유의 돌발 사건이 일어난 것이다.

나머지 학생들은 상황이 어떻게 흘러갈지 조용히 지켜보고만 있었다. 오후 수영 시간이 다가왔지만 바다로 나갈 수 없을 정도로 삼엄한 분위기였다.

"그렇게 엄격한 처벌은 아닐 거야. 5학년에는 아이바 집안의 요코를 좋아하는 사람이 많으니까."

그렇게 말하며 두 사람을 위로하는 사람도 있었다.

얼마 후 질서 당번 전원이 모이는 회의가 열리고 두 사람이 불려 갔다.

"지나간 일은 어쩔 수 없지만 앞으로는 두 번 다시 규칙을 어기지 않겠다고 맹세하세요. 알겠습니까?"

빈틈없는 성격의 5학년 우등생 하나가 교장 대리라는 직분으로 입을 열었다.

"네."

마키코가 얼굴에 홍조를 띠고 부끄러워하며 얼른 대답했다. 요코는 '뭐야' 하는 표정으로 샐쭉해져 있었다.

"아이바, 너는?"

대답을 요구하자 하는 수 없다는 듯 알겠다고 대답했다.

"앞으로 다른 학생들의 본보기로라도 두 사람에게 큰 벌을 내리지 않을 수 없습니다."

그러자 요코가 불평스럽게 물었다.

"그냥 앞으로 안 하겠다고 맹세만 하면 안 될까요?"

질서 당번이 엄한 눈빛으로 말했다.

"물론 맹세하는 것만으로는 죗값을 치를 수 없습니다."

"하지만 아까는 지나간 일이니 어쩔 수 없다고 하지 않았어요?"

요코가 역습했다. 3학년인 주제에 5학년에게 반항까지 한다. 그런 건방진 태도가 얄밉기도 하고, 또 보기에 따라서는 상당히 침착하고 청량하게 느껴졌다.

"자치제이기 때문에 징계에 대한 납득할 만한 규칙을 따라야 합니다."

5학년이 엄격한 논지를 내세웠다.

"붉은 깃발을 넘어간 벌은 이틀 동안 둘이서 욕실 당번을 하는 것으로 정해졌습니다. 그 정도 벌칙이 가장 알맞다고 모두 수긍하고 결의했으니, 내일부터 내일모레까지 욕실 당번 책임을 맡아 주기 바랍니다."

이로써 판결이 끝났다. 마키코는 예의 바르게 인사하고 일어섰지만, 요코는 처벌에 더해 고개까지 숙이는 건 손해라는 태도로 씩씩거리며 일어섰다.

"뭐래? 어떻게 됐어?"

동급생 친구들이 소란을 피우며 두 친구에게 물었다.

"이틀이나 욕실 당번을 하라니!"

요코가 원망스러운 듯이 말했다. 아이들이 와 하고 웃음을 터뜨렸다.

"나는 또 감옥처럼 방에 틀어박히는 건 줄 알고 걱정했잖아."

벌칙이 욕실 당번에 그치는 게 다행인 줄 알라고 생각하는 사람도 있었다.

"어머, 나 내일부터 욕실 당번이었는데 안 해도 되겠네. 신난다."

"덕분에 나는 집에 갈 때까지 욕실 당번 한 번만 해도 되겠어."

"앞으로 너덧 명만 더 붉은 깃발 너머에 다녀오면 난 집에 갈 때까지 욕실 당번 안 해도 될 것 같아——."

남의 처벌을 기뻐하는 이기주의자도 여기저기 나타났다. 참으로 의지하기 어려운 것이 인간의 마음이다. 온건파 여왕도 이틀 연속으로 목욕탕 아궁이에 불을 때야 한다——. 아, 정말이지 즐거운 수영 합숙 이야기가 전개되고 있었다.

그날 밤 평소대로라면 마키코는 어머니에게 엽서를 썼을 테지만, 오늘 있었던 일을 말해야 할지 어떨지 몰라 결국 펜을 들지 못했다.

다음 날부터 두 사람은 목욕탕 아궁이에 불을 때는 벌칙을 받아야 했다.

오전에 바다에서 나와서 다 같이 목욕탕으로 가 수영복을 벗고 몸을 씻을 때는 각자 알아서 물을 떠 오기 때문에 목욕물을 데우는 건 저녁부터였다.

수도 설비가 미비해서 펌프로 물을 끌어올려야 하는데 그게 상당히 어려웠다.

"펌프질을 벌써 삼백 번이나 했는데 아직도 목욕탕 바닥밖에 안 찼어. 아아, 해도 해도 끝이 없네."

요코가 한숨을 지었다. 하지만 마키코는 말없이 펌프질만 계속했다.

"에잇, 모르겠다. 파인애플 통조림으로 사람을 사서 좀 도와달라고 해야겠어. 기다려 봐."

그러더니 요코는 방으로 달려가, 얼마 전 도쿄 집에서 한가득 보내온 식료품 통조림 가운데 하나를 집어서 숙소 문밖으로 나갔다. 문밖 울타리 부근에 커다란 타월 하나를 나눠 쓴 2학년생 세 명이 뜨거운 모래를 밟으며 까르르까르르 즐거운 듯 바다 쪽으로 걸어가고 있었다.

"잠깐만!"

요코가 후배들을 불러 세웠다.

세 사람이 돌아보자 요코는 이때다 싶어 얼굴 가득 살가운 미소를 띠며 "있잖아, 미안하지만 펌프질 좀 도와줄래? 사례는 제대로 할게."라며 맛있어 보이는 파인애플 상표가 붙은 캔을 이리저리 돌려 보였다.

"어머나."
한 사람이 웃었다.
"어떡할래?"
또 한 사람이 친구 얼굴을 마주보았다. 어여쁜 상급생의 부탁이니 도와준대도 나쁠 건 없다. 게다가 맛난 선물까지——.
"안 돼, 벌 받고 있는 사람을 도와주면 질서 당번한테 혼날 거야."
하나가 그렇게 속삭이자, 셋 다 모래를 차며 휭 하니 모래사장으로 도망쳤다.
"칫, 말이 안 통하는 꼬맹이들이군."
요코는 분해서 세차게 통조림을 던졌는데, 하필이면 그게 울타리 밑에서 혀를 내밀며 더워서 어쩔 줄 몰라 웅크리고 있는 강아지 등허리에 맞았다. 강아지는 왕왕 짖으며 달리기 시작했다. 강아지까지 자신을 모욕한 것만 같아 요코는 우울해지고 말았다.
요코가 그러고 있는 동안에도 마키코는 그저 열심히 펌프질에 집중하고 있었다. 땀이 비 오듯 흐르고, 가슴은 두근거리고, 쓰러질 것만 같았다. 이걸 이틀 연속으로 해야 한다니. 그러나 마키코는 나쁜 짓을 저지른 천벌이다, 요코의 유혹에 빠진 나약한 자신에게 울리는 경종이다, 라고 생각하며 쭉쭉 펌프질을 해댔다.
"마키코."
누가 부르는 소리에 돌아보니, 취사 당번이 목욕탕 창문으로 수박 세 통을 가져와 들어 보이며 말했다.

"이거 목욕탕 찬물에 넣고 식혀 놓을 테니까, 아궁이 불 때기 전에 부엌 양동이로 옮겨놔 줄래. 부탁해."

그러더니 풍덩 하고 욕조에 수박 떨어지는 소리가 들렸다. 마키코는 대답도 못할 만큼 지쳐 있었다.

그사이 요코가 돌아왔다.

"미안해, 하지만 너랑 같이하니까 이런 노동도 견딜 수 있네."

하급생을 끌어들이는 대책에 실패한 요코가 펌프 수도에 몸을 기대며 그렇게 말했을 때, 살짝 땀이 밴 요코의 몸에서 풍기는 어렴풋한 물망초 향수 냄새가 마키코의 콧가에 닿았다. 마키코의 민소매 셔츠는 땀으로 푹 젖어 창피할 정도였다.

"이제 충분하지 않을까? 잠깐 보고 올게."

요코가 목욕탕 문을 열고 들여다보더니 "스톱! 이제 다 찼어" 하고 외쳤다.

"아, 힘들어. 심장에 무리가 가네. 도쿄 집에서 하녀라도 불러올까?"

요코는 제대로 펌프질도 하지 않았으면서 몹시 피곤한 척했다. 마키코도 힘이 쭉 빠져서 숙소 툇마루에 걸터앉아 휴식을 취했다.

"너는 쉬어. 내가 혼자 가서 불 피우고 올게."

요코는 웬일로 그렇게 말하며 혼자 목욕탕으로 들어갔다. 안에서는 "오오, 연기, 연기" 어쩌고, "이 성냥 왜 이래, 짜증나는 성냥이네, 금방 꺼져 버려" 어쩌고 하는 소리가 들렸지만 그래도 불은 잘 피운 모양이었다.

이윽고 바다에서 돌아온 아이들이 시끌벅적하게 목욕탕으로 들어왔다.

"어머, 벌써 목욕물 데웠어? 감동이다."

그러면서 목욕탕 뚜껑을 연 학생이, 뜨거운 연기가 뭉게뭉게 피어오르는 목욕물 위에 방금 깎은 비구니 머리통 같은 것 세 개를 발견했다.

그날 오후 세 시, 수영 합숙소 학생들은 기묘한 표정으로 뜨끈한 수박을 먹었다.

"물 데우기 전에 수박을 옮겨놔 달라고 그렇게 부탁했는데!"

취사 당번이 중얼거리는 원망스러운 소리에 요코는 즐거운 듯 마키코에게 속삭였다.

"홍, 쌤통이네."

그러면서 화사하게 활짝 웃었다.

하지만 마키코는 마음이 아프고 부끄러웠다.

그녀는 수영부에 참가해 평소 자기 성격을 잊고는, 완전히 요코에게 이끌려 뜻밖의 실책을 거듭하고 있는 자신이 마음에 들지 않아 서글펐다——.

비 오는 날

얼마 지나지 않아 수영부 사람들은 자연스럽게 둘로 나뉘었다.

하나는 돌격 팀, 하나는 감성 팀이었다. 돌격 팀은 이름 그대로 군대 병사들처럼 건전하게 운동을 좋아했으며 규칙적이고 용감했다. 아침 일찍 이불을 걷어차고 일어나 몸단장을 하고, 당번들은 군소리 없이 일을 했으며, 수영 개시 시간에는 가장 먼저 해변으로 진격해 좋은 자리를 차지하기 위해 싸우고, 텀벙텀벙 물장구를 치며 용맹하게 나아가는 연습 벌레들이었다.

"여러분 중에서도 마에하타 히데코 같은 올림픽 수영 선수가 나올 수 있다는 원대한 이상을 품고 맹연습해 주십시오."

수영 선생님이 또 그렇게 선동을 하니, 돌격 팀 녀석들은 미래의 국위 선양을 위해 최선을 다해 해수면을 저어 가며 고군분투했다.

점심 시간에 아무리 소박한 음식이 나와도 돌격 팀은 왕성한 식욕을 보이며 밥을 먹고, 오후부터 다시 바다로 첨벙첨벙 뛰어나가 지칠 때까지 맹렬히 수영을 했다. 그런 다음 다시 밥을 먹고, 밤에는 당당히 무리 지어 모래를 차며 큰 소리로 군가 따위를 합창했다. 근처에서 둘씩 짝을 지어 소곤소곤 이야기를 나누거나, 혼자 고독을 즐기며 모래 언덕에 핀 노란 달맞이꽃 꽃잎에 덧없이 눈물 짓던 감성 팀은 그 시끄러운 노랫소리에 깜짝 놀라곤 했다. 밤에는 교과서를 펼치고 방학 숙제에 열중하며, 누구처럼 유약한 시집을 펼쳐들고 등불 아래 감상에 젖는 바보 짓할 시간이 있으면 쓱싹쓱싹 빨래나 하겠다며 부산을 떨다가, 취침 시간이 되어서 모기장이 쳐지면 돌격 팀 전원이 일제히 철조망을 폭격하듯 모기장 속으로 돌진해 이불 참호에 나란히 누워 승리의 함성처럼 코를 고니 그 소리에 천장이 무너질 듯했다. 이것이 돌격 팀의 하루였다.

다음으로 감성 팀, 이쪽은 자세한 설명이 필요 없이 그야말로 센티멘털 자체였다. 호리호리한 체격에 대체로 신경과민이며 바다에 너무 오래 있으면 심장이 두근거리는 녀석들이었다. 손바닥만 한 파도가 와도 대지진이나 맹수를 만난 것처럼 "아악" 하고 비명을 질러 대며, 바다에 들어가기보다는 모래사장에 모여 종알종알 수다를 떤다. 단 한 가지 바라는 것은 파라솔. "붉은 요트에 흰 돛을 달고 바다를 미끄러져 달리면 얼마나 멋있을까" 같은 이야기들을 하는데 아주 시인이 납시었다. 상상력은 풍부, 식욕은 별로. 세 끼 식사보다는 사이사이에 나오는 간식, 초콜릿, 크림, 사탕, 누가가 더 좋다. 순진하게 쩝쩝 캐러멜을 씹으며 하는 잡담. 누군가 "내가 취사 당번이 되면 단팥죽을 만들어 줄게!" 하고 말하자 "수박죽은 싫어" 하는 말이 들렸다. 지당한 말인데 마키코는 듣기 괴롭고 요코는 태연하게 오호호 하고 웃는다. 밤이 되면 감성 팀도 달빛을 따라 해변을 서성이며 노래를 부른다. "달빛 드리운 흰 파도 위, 혼자서 생각에 잠겨 있나니. 알려다오 물떼새야, 그 사람은 지금쯤 어디 있을까. 아아, 괴롭고 그리운 여름밤이네." 이런 노래를 우아하게 부르고 또 부르는 모습, 그중에는 요코가 요즘 마키코만 본다고 원망하면서 여름이 우울해 견딜 수가 없다고 혼자 훌쩍훌쩍 우는 아이도 있다. 밤에 우는 쓸쓸한 바닷가 물떼새가 되겠다는 둥 바다를 넘어 달밤의 나라로 사라지고 싶다는 둥 멜랑콜리한 사람들이다.

이번 합숙에서는 이런 일도 있었다. 뜻밖에 같이 지내게 된 하급생이 너무 좋아져서, 화끈거리는 얼굴로 다가갔는데, 이 무슨 운명의 장난인가. 공교롭게도 좋아하게 된 그 아이는 돌격 팀이었다. 설마하니 상급생 언니가 자기를 좋아하는 줄은 꿈에도 모르고, 모래사장에서 신나게 노래를 부르며 숨바꼭질을 하고 있으니, 진지한 친구 하나가 동정심을 발휘해서 그 하급생에게 쓸데없이 귀띔을 했다. 그 아이가 말하길, "난 싫어, 그렇게 수영도 못하는 사람은 별로야." ――참으로 센티멘털과 체육은 어울리지 않는 법. "그러게 내가 그 큰 덩치로 튜브에 대롱대롱 매달려 있으면 보기 흉하다고 했잖아" 하고 중간에서 다리를 놓았던 친구가 충고를 하니, 분연히 떨쳐 일어나 토끼 모양이 들어간 푸른 튜브를 작은 칼로 푹 찔러 찢어 버린 것까지는 좋았는데, 다음 날 바다에서 몸이 가라앉아 한층 더 추해졌다. 그러고는 이렇게 생각하는 것이다. '아, 나는 인어로 태어났어야 해…….' 사랑에 빠진 이는 가엾구나, 가여워.

하여튼 맑은 날에는 이런 분위기지만, 만약 아침부터 추적추적 비가 내리면 또 대소동이 벌어진다. 입수 금지에도 돌격 팀은 비라도 우리를 막을 수 있을쏘냐 하고 달려들 기세지만 선생님은 허락하지 않는다. "아아, 지루해, 지루해" 하며 귀엽게도 앉아서 당장 날씨 인형을 만드는 사람도 있다. 그러나 감성 팀은 조잘조잘 떠들며 휴대용 축음기를 꺼내 와서 이런 말들을 늘어 놓았다.

"「파리의 지붕 밑」 듣자."

"다치바나 가오루랑 미우라 도키코의 「노래해, 너의 세레나데」 틀어 줘."

"아아, 난 「봄날의 춤」 듣고 싶어. 그 레뷰는 생각보다 지루했지만. 차라리 쇼치쿠악극부의 「베라 프랑카」가 훨씬 좋았어. 미즈노에 다키코가 연기한 아돌프 중위 진짜 멋져."

"맞아, 좋았어. 갸르송 헤어스타일에 하얀 군복이 잘 어울렸지."

쇼치쿠를 좋아하는 누군가가 편을 들자 다카라즈카 팬이 수긍하지 않는다.

"「봄날의 춤」도 부분적으론 아주 훌륭해. 인디언 패션쇼에서 사호 미요코의 그림자 실루엣 멋있었지."

"응, 미우라랑 다치바나의 「재즈 오브 재즈」도. 역시 다카라즈카야."

"모모시키 시노부가 추는 수련의 춤은 나도 처음부터 좋아했는데, 이번에 도쿄에 안 왔잖아. 몸이 아픈 건지, 결혼이라도 한 건지, 너무 속상해."

그러자 쇼치쿠 팬도 지지 않고 말했다.

"대성공을 거둔 「베라 프랑카」를 가부키자 첫 공연에서 봤을 때, 눈물이 멈추질 않았어. 쇼치쿠악극부 사람들도 이만큼 진보했구나, 정말로 애써 주었구나 하고. 사실 그전까진 다카라즈카한테 지기만 했잖아."

"맞아, 정말 그래. 하지만 이젠 다카라즈카한테 지지 않을 거야. 가부키자 공연이 오륙 일로 끝나서 너무 가여웠어. 아사쿠사로 철수하지 말고 신바시극장에서 롱히트를 친 다카라즈카에 대항했더라면 좋았을 텐데."

그러자 이번에는 다카라즈카 팬이 득달같이 달려든다.

"무슨 소리. 누가 뭐래도 다카라즈카에는 기초를 튼튼하게 가르치는 확실한 강사진이 있으니까 질 리가 없어."

"그래, 맞아. 다카라즈카 학교생활을 다룬 영화를 본 적이 있는데, 정말 제대로 공부하더라."

그러자 쇼치쿠 편이 받아친다.

"애초에 우리는 도쿄여학교 학생 아니니? 도쿄 쇼치쿠악극부를 응원해야지 어째서 오사카 다카라즈카극단을 좋아하는 거야. 다카라즈카는 오사카 애들한테 맡기면 되잖아. 쇼치쿠악극부야말로 우리가 응원해야 한다고 생각해."

"맞아, 맞아. 이래 봬도 나는 도쿄 토박이라고."

그러자 이번엔 다카라즈카 편이 말한다.

"어머, 웬일이니. 그런 속 좁은 발상은 새 시대에 안 어울려. 예술에 국경 따위는 없다고, 에헴."

사상가가 납시었다.

이렇듯 감성 팀은 와글와글 워글워글 극단이니 야구 리그전이니 논쟁을 벌이고 있는데, 그 옆에서 돌격 팀은 비 오는 날도 헛되이 보낼 수 없다며 맹연습에 돌입한다. 바다에 못 들어가니까 툇마루로 나와 끝에서 끝까지 두 팔다리를 푸덕푸덕 수영 자세를 반복하며, 무릎이 바닥에 문질러져 빨갛게 될 때까지 단체 연습에 여념이 없이 시끌벅적하다.

감성 팀이 자기들 수다는 생각하지 못하고 "시끄러워 죽겠네" 어쩌고 하자, 화가 난 돌격 팀이 "우천 시에는 운동 부족이 되지 않게 하라고 선생님이 그러셨어" 하고 한목소리를 냈다.

그때 정말로 선생님이 나타났다. 여태 뒤편 해변 숙박 시설에서 신문을 읽다가 숙소가 하도 시끄러워서 확인 차 나오신 것이었다. 하지만 하나도 무섭지 않은 상냥한 여자 선생님이었기에 다들 안심하고 자리에 앉았다.

"여러분, 아무리 비 오는 날이라지만 너무 시끄럽습니다. 대체 아까부터 무엇 때문에 그리 소란인가요?"

"선생님, 저희는 그냥 단체 연습을 하고 있었습니다. 그런데 다른 애들은 무슨 불만이 있나 봅니다."

돌격 팀 대장이 고자질을 했다.

"하하하, 다카라즈카가 좋다느니 쇼치쿠가 좋다느니 서로 칭

찬을 했지요. 제 숙소까지 다 들렸습니다."

"어머나."

"그치만 선생님!"

어리광 부리면 혼나지 않을 거라고 생각하는지 다들 응석을 부렸지만 선생님은 딴소리를 했다.

"그래서 제 학창 시절 생각이 났어요. 오차노미즈 사범학교 기숙사에 있을 때에요. 같은 방에 아키타 출신이랑 홋카이도 출신이 있었죠. 하루는 아키타에서 온 친구가 '사과는 아키타 사과가 제일 맛있어'라고 했죠. 그랬더니 홋카이도 친구가 '무슨 소리, 사과는 뭐니 뭐니 해도 홋카이도가 최고지'라고 해서 언쟁이 붙었습니다. 두 사람 다 한 발작도 물러서려 하지 않았어요. 그 사이 겨울이 왔고 아키타 집에서도 사과 한 상자, 홋카이도 집에서도 사과 한 상자가 왔습니다. 자, 이제 큰일이 났지요. 아키타 친구가 같은 방 사람들에게 사과를 나눠 주며, '어때, 아키타 사과가 맛있지?' 하고 묻습니다. 홋카이도 친구도 사과를 나눠 주며, '어때, 우리 사과가 훨씬 더 맛있지?' 하고 자랑을 해요. 아이들은 어쩔 줄 몰라서, 아키타 친구가 준 사과를 먹으며 '응, 맛있네'라고 하고, 홋카이도 친구가 준 사과를 먹으면서도 '응, 맛있네'라고 했지요. 끝이 안 나는 겁니다."

"아하하하하."

돌격 팀과 감성 팀은 서로 뒤섞여 명랑하게 웃어 젖혔다.

"그래서 결과는 어떻게 됐을까요, 여러분?"

"아키타가 이겼어요?"

"홋카이도인가?"

다들 지금 막 사과를 먹은 것만 같은 새콤한 얼굴을 하고 고개를 갸웃했다.

"아니, 아무도 이기지 않았어요. 매일 사과 품평을 하느라 다들 사과를 너무 많이 먹고 배탈이 나서 나란히 자리에 드러누웠답니다."

"와하하하하하하!"

"그 사건의 책임자인 아키타와 홋카이도 두 친구는 사감 선생님께 꾸중을 듣고 벌을 받았습니다. 난센스 같은 안타까운 결말이죠. 그러니 여러분, 시시한 말싸움은 하지 말도록 해요. 알겠습니까?"

"네!"

그렇게 일동 묘한 기분이 든 그 순간, 숙소 입구에서 털썩 하는 소리가 들렸다. 무슨 일인가 싶어 당번이 나가 보니 비에 흠뻑 젖은 우편배달부가 자전거를 벽에 세우는 소리였다. 검은 비옷으로 무장한 우편배달부가 허리춤 가방에서 꺼낸 것은 한 통의 전보였다.

"유게 마키코 씨 여기 계십니까?"

"네."

그 자리에서 일어선 마키코에게 놀란 표정으로 전보를 받아 든 당번이 전해 주었다.

"집에서 왔나 보구나."

선생님도 걱정스러운 표정이었다. 짙은 눈썹 아래로 표정이

어두워진 마키코는 전보를 펼쳤다.

즉시 귀가할 것 — 아빠

"마키코, 뭐야?"

요코가 재빠르게 어깨 너머로 들여다보았다.

"요코는 마키코 일에만 관심이 있다니까, 진짜 너무해."

질투하는 팀이 앵돌아진다.

마키코가 선생님에게 전보를 보여 드리자 "집에 무슨 급한 일이 있니?" 하고 말씀하신다.

"네, 엄마가 좀 아프셔서……."

불길한 예감을 두려워하듯 얼굴이 파랗게 질린 마키코가 미처 말을 잇지 못했다.

"그럼 어서 준비해. 요코스카에서 출발하는 열차가 30분에 한 대씩 있으니까 지금 당장 출발하자. 짐은 나중에 보낼 테니까."

선생님 말씀에 요코가 끼어들었다.

"제가 집으로 가져다줄게요."

요코는 주변에서 샘이 날 정도로 바지런하게 마키코에게 충성을 다했다.

즈시로 가는 버스를 기다리면 너무 늦어지기 때문에 뒤편 해변 숙박 시설로 가서 전화로 급히 택시를 불렀다. 그사이 마키코는 꼭 필요한 교과서와 노트, 주변 물품을 챙겨 작은 봉투에 넣고 밖으로 나섰다.

택시까지 마키코에게 우산을 씌워 주던 요코가 말했다.

"선생님, 제가 즈시까지 배웅하고 오겠습니다."

비가 와서 지루하던 차라 다른 아이들도 "저도 갈게요", "저도" 하고 배웅 지망자가 속출했다.

"배웅은 선생님이 다녀올게요. 그보다 여러분은 이제 곧 저녁이니까 취사 당번과 청소 당번, 욕실 당번은 각자 할 일을 하고 나머지는 방을 정리하세요."

그 소리에 일동은 기운이 빠졌다. 그럼에도 요코는 기가 꺾이지 않고 "선생님, 저도 마키코와 함께 도쿄 집으로 돌아가도 될까요?" 하고 갑작스런 발언을 했다.

"요코는 지금 갑자기 집에 갈 이유가 없지 않나요?"

더 놀란 선생님이 결착을 지어 버리자 "그야 마키코가 집에 가 버리면 저는 이런 곳에 있을 이유가 없단 말이에요" 하고 대담무쌍하게 거짓 없는 고백을 했다.

"하하하, 이유 없이 중간에 집에 가는 건 허락할 수 없다는 규칙이 있습니다. 수영부 단체 생활은 처음부터 끝가지 함께하는 거예요."

선생님은 요코의 제멋대로인 요구를 단번에 거절했다.

요코가 기분이 상해 있는 사이에 택시가 오고 마키코와 선생님이 올라탔다. 택시는 빗속의 해안 도로를 달려 즈시로 향했다.

"마키코 가여워."

"이래서 비 오는 날이 싫다니까. 뭔가 나쁜 일이 생길 것만 같고 외로워."

"그나저나 요코는 선생님 앞에서 저런 소리를 잘도 하네. 오히려 마키코가 어쩔 줄 몰라서 얼굴이 빨개졌잖아."

"온건파 여왕의 권위가 땅에 떨어졌네."

"그래도 마키코는 침착하네. 어머니가 아프신데 요코가 눈에 들어오겠어……."

이런 소문과 험담에도 요코는 그저 멍하니 있었다. 마키코와 해변의 숙소에서 여름을 보낸다는 단 한 가지 이유로 일부러 가루이자와에서 여기까지 왔는데, 그 소중한 마키코가 오늘 작은 새처럼 날아가 버렸다. 정말이지 요코 입장에서는 일 분, 일 초라도 더 있을 이유가 없어 지루하기만 한 합숙 생활이었다. 근면, 성실을 모토로 몸에는 소박한 수영복을 걸치고, 배 속에는 강철과 같은 위장을, 취사, 청소, 목욕물 데우기를 직접 하며 지칠 줄 모르는 네 개의 팔다리를 쓰지 않으면 해낼 수 없는 이 합숙소의 단체 생활이 요코의 부르주아 귀족주의와는 불과 물처럼 맞지 않았으므로——.

그날 밤 요코는 등불 밑에서 이루어진 자수 시간에 사람들 눈을 피해 몰래 도쿄에 계신 어머니에게 편지를 썼다.

엄마, 나는 집에 가고 싶어졌어. 하지만 멋대로 가는 건 안 된대. 그러니 이 편지를 보자마자 최대한 빨리 이리로 전보를 쳐 줘. '어머니 위독, 집으로' 같은 것도 좋고 '아버지 쓰러졌다, 당장 오거라' 같은 것도 좋으니 뭐든 부탁해. 엄마, 꼭이야.

전화 목소리

도쿄역에 도착하자, 해질녘 도시의 거리 위에는 이미 빗물의 흔적이 말라 가고 있었다. 가로수 아래는 반짝이는 등불이 켜져 있었다.

마키코의 눈에는 이 모든 풍경이 그저 슬프고 서럽게만 보였다. 오늘 떠나올 때, 해변의 은회색 안개 속에 홀로 서 계신 선생님의 배웅을 받으며 열차에 올랐다. 며칠 동안의 수영 합숙 생활, 붉은 깃발 너머로 갔던 사건, 수박을 삶은 사건, 전보가 도착한 찰나의 기분 — 이 일이나 저 일이나 다 몇 년 지난 일처럼 그립게 여겨졌다.

집 앞에 도착해 택시에서 내린 마키코가 어슴푸레한 현관 앞에 섰을 때, 집 안에서는 은은하게 피아노 소리가 들려왔다.

'와타루가 치고 있네…….'

그제야 안심이 됐다.

'엄마는 괜찮구나. 동생이 좋아하는 피아노로 장난을 칠 정도

이니…….'

누나가 왔다는 걸 금세 알아챈 건 와타루였다. 피아노 소리가 뚝 멎었다.

"누나, 걱정했어?"

큰 목소리로 소리치며 와타루가 제비처럼 재빨리 피아노가 있는 응접실에서 달려 나왔다.

"엄마가 안 좋아지셨니?"

마키코가 엄마의 병실로 향하며 물었다.

"응, 조금. 누나한테 전보 치면 너무 걱정할 거라고, 내가 하지 말자고 그랬는데, 그래도 치라고 아빠가 그랬어. 나는 막 반대했어."

"당연히 엄마가 안 좋아지시면 바로 불러야지."

"그렇긴 하지만, 아빠가 누나를 부른 이유가 나빠."

와타루는 곧바로 괜히 입을 놀렸다고 후회했지만 너무 늦었다.

"그래? 아빠가 뭐라고 하셨는데."

"그게 있잖아, 엄마가 조금 안 좋으니까 간호사를 부르는 게 좋겠다고 의사 선생님이 그랬는데, 아빠가…… 여자인 주제에 마키코가 바다로 놀러 간 것부터가 틀려먹었다고, 전보를 치라고……. 아빠는 폭군이야."

와타루는 누나가 가여워서 사실대로 말하고 말았다.

여자인 주제에――, 아빠의 그런 말투는 일상이었고 이제 와서 기분이 나쁘다는 생각도 들지 않았다. 그래도 어린 남동생이

"아빠는 폭군이야"라고 분개해 준 게 귀엽고 기뻤다.

"괜찮아. 간호사 선생님이 올 정도면 당연히 누나도 날아와야지."

마키코는 동생이 아빠의 전보를 반대하긴 했지만, 간호사가 필요할 정도라면 엄마의 상태가 낙관적인 건 아니구나 싶었다. 그런 의혹은 동생을 데리고 엄마의 병실로 들어섰을 때, 한층 더 짙어졌다.

"엄마는 이렇게 여름만 되면 힘이 빠지네. 마키코, 해변에서 재미있었을 텐데 불러서 미안해."

어머니 기쿠코는 그저 계절 탓인 양 상냥히 말했지만 마키코는 믿지 않았다.

그날 밤, 아버지가 마키코를 조용히 서재로 불렀다.

"마키코, 넌 이제 다 컸으니 미리 말해 둘 필요가 있을 것 같다. 엄마는 지금 위독하시다. 애초에 심장이 약했는데 심장판막증까지 겹쳤어. 최악의 상황이 벌어지지 않으리라는 보장이 없다는 게 의사 선생님 진단이다. 그래서 와타루에게는 오가와 군에게 편지를 띄워 넌지시 집으로 돌아오게 했어. 와타루는 진상을 모르고 있다. 그저 오가와 군에게 갑자기 일이 생겨서 돌아온 줄로만 안다. 엄마가 더위로 몸이 조금 약해지셨다고만 생각하고 있어. 그래서 너에게 전보를 칠 때도 누나가 모처럼 바다에서 재미있게 노는데 갑자기 불러서 걱정을 끼쳐서는 안 된다고 자기 마음대로 반대를 해서 혼이 났지. 후후훗."

아버지 유게 박사는 쓸쓸한 표정으로 쓴웃음을 지었다. 평소 마키코는 아버지에게 다가가기 힘든 마음의 벽이 있었는데, 그 외롭고 씁쓸한 미소에 자신도 슬픔이 북받쳤다.

그때——, 조용한 집 안에 피아노 건반을 두드리는 소리가 들렸다. 그 소리를 듣고 있던 아버지의 얼굴이 더 어두워졌다.

"못 말리는 녀석이군. 하나밖에 없는 아들놈이 피아노나 두드리고 있으니……."

본인의 전공인 과학 말고는 음악이니 미술, 문학에 아무 흥미도 관심도 없는 이 꽉 막힌 아버지는 소중한 외아들이 무심히 악기를 두드리는 데에도 불쾌함과 불안감을 느끼는 듯했다.

"그러니 알았느냐, 마키코. 만에 하나 네 어머니에게 무슨 일이 생길 경우에 너는 와타루의 누나이자 어머니 대신이라는 큰 책임을 져야 한다. 지금처럼 그저 학교만 다니는 여학생이 아니라."

그런 아버지의 말 앞에서 마키코는 소리치고 싶었다.

'난 싫어요! 그런 무시무시한 운명은 싫어요!'

——아버지로부터 그런 각오를 떠넘겨 받으면서 입술을 앙다물고, '네, 아빠. 안심하세요. 저는 그렇게 하기로 결심했습니다' 따위의 갸륵한 대답을 하는 건, 재미는 없고 목적만 있는 효녀의 전형에 불과하다. 마키코는 지금 너무도 무서운 현실의 깊은 골짜기 앞에 서 있었다.

'그런 운명, 나는 떠맡고 싶지 않아. 싫어, 싫어.'

"마키코, 알겠느냐. 너에게 그런 책임이 있다는 걸 단단히 각오해야만 한다. 안 그럼 곤란해."

아버지가 재차 몰아세웠을 때, 마키코는 두 손으로 얼굴을 감싸고 아버지 방을 뛰쳐나와 버렸다.

어두운 복도 끝에서 십 분, 삼십 분――, 마키코는 정신이 아득해진 채 벌벌 떨며 서성거렸다. 이윽고 풀이 죽은 마키코는 엄마의 병실로 들어가 머리맡 등불 아래 눈물을 감추고 앉았다.

아픈 어머니는 조용히 눈을 떴다――.

"마키코, 아직 안 잤니?"

"응, 하나도 안 졸려. 그리고 나, 여름 방학 동안 열심히 엄마 간호할게."

"모처럼 방학인데 엄마 때문에 이렇게 끝나게 됐네. 와타루는 어쩌고 있니? 그 애는 병실에 자주 오지 못하게 하고 있어……."

"아까까지는 피아노를 치고 있었어. 아마 지금쯤 자고 있지 않을까."

"너보다 동생이 피아노를 더 좋아하네. 후훗."

환자가 드물게 미소 지었다.

"정말이야. 나는 음악에 재능이 전혀 없고……. 와타루는 나랑 정반대야."

"너희 아빠는 그게 싫은가 봐."

그런 얘기를 하고 있는 중에도 조심스럽게 피아노 치는 소리가 들렸다. 와타루는 손가락 연습용 교본으로 엮은 소곡집에서 「주먹 쥐고」라든가 「빠삐용」 같은 곡을 부드럽고 정교하게 연주하고 있었다.

"올 장마 동안 실력이 많이 늘었네. 마키코, 조만간 조율사를 불러서 피아노 조율을 맡겨 주겠니?"

"응, 엄마. 나는 괜찮지만 와타루를 위해서……."

"마키코, 만약에 와타루가 음악을 좋아해서 그 길로 나가고 싶어 한다 해도, 엄마는 좋아. 다만 아빠가 저러니까……. 그래도 엄마는 아이들이 자기가 원하는 길로 자유롭게 뻗어 갔으면 해. 그걸 지지하면서 힘차게 응원하고 싶고. 그게 엄마의 꿈이었단다. 엄마는 그걸 지켜 주기 위해서라도 어떻게든 살고 싶어……."

엄마의 애처로운 말에 마키코는 가슴이 저렸다.

'엄마, 제발 죽지 마.'

마키코는 마음속으로 외쳤다. 하지만 엄마의 머리맡에서 죽음이라는 단어를 생각하는 것만으로도 너무 두려웠다.

"마키코는 자아가 강하고 개성이 분명하니까 안심이야. 너는 네가 원하는 길을 뚫고 나가는 힘이 있다고 믿으니까. 네가 초라하게 잘못된 길을 선택할 리가 없지. 다만 와타루가 걱정이야. 그 아이는 너무 예민하고 마음이 약해서, 만약 자기가 원하는 걸 하지 못하게 되었을 때, 그 반동을 이겨 내지 못하고 자기 몸과 마음을 망쳐 버릴지도 몰라. 엄마는 그게 걱정이야……."

한숨과 함께 병자는 말을 멈췄다.

'엄마, 그때는 내가 와타루를 격려하고 도와줄게…….'

마키코는 맹세하고 싶었다. 엄마가 누나로서의 책임이나 의무 같은 무거운 짐을 자신에게 지우려 하지 않는 만큼, 스스로 나서서 그 짐을 짊어지고 싶었다. 하지만—— 정말로 그런 맹세를 지킬 만한 힘이 나에게 있을까? 마키코는 엄마에게 맹세하기가 두려워 입을 다물면서도, 행여 그런 일이 닥치면 그렇게 하자고 결심했다.

* * *

* *

그로부터 사흘 후, 아이바 요코는 바다에서 집으로 돌아오자마자 마키코에게 전화를 걸었다. 꽤 긴 기다림 끝에 마키코가 전화를 받았다.

"여보세요. 마키코? 나야——. 나도 집에다가 급한 일이 생겼다고 전보 좀 쳐 달라고 해서 돌격과 감성을 남겨 두고 멋지게 귀가에 성공했어. 어때, 나 베드 걸이 다 됐지? 내일 네 짐을 들고 너희 집으로 갈게. 바다에서 매일 같이 얼굴 맞대고 있던 게 습관이 돼서 그런지 하루라도 얼굴을 안 보니까 우울해. 그러니까 내가 찾아갈게——. 간 김에 어머니 병문안도 하고, 괜찮지?"

쉴 틈 없이 쏟아지는 요코의 명랑하고 다정한 목소리 뒤로——, 수화기 너머에서 힘없이 낮게 쉰 음성이 들려왔다.

"엄마가……, 엄마가 어젯밤에 돌아가셨어……. 미안하지만 짐은 당분간 너희 집에서 맡아 줘."

"뭐!"

요코도 숨이 멎을 듯해서 더는 말을 잇지 못하다가, 이윽고 "마키코!" 하고 외쳤을 때는 이미 전화가 끊긴 후였다…….

거칠어지는 마음

새하얀 백합, 봉오리가 큰 백장미, 하얀 카네이션, 이 세 종류의 산뜻한 흰 꽃을 아낌없이 써서 만든 커다란 화환은, 마키코의 어머니 기쿠코 부인의 장례식장에서 가장 눈에 띄고 아름다웠다. 보낸 사람 명패에는 아이바 요코라고 쓰여 있었다.

혹독한 더위가 계속되고 있었기에, 아버지 유게 박사는 극소수의 지인만 모아 고별식을 거행했다.

상주인 와타루의 귀여운 모습과 그 옆에 선 누나 마키코, 이 남매를 본 조문객들은 다들 "아유, 가여워라……", "부인도 편히 눈을 못 감으셨겠지……" 하고 속삭였다.

오가와 청년은 한 마리 생쥐처럼 불행한 가정에 닥친 궂은 일을 요리조리 돌아다니며 도왔다.

그러는 사이 어수선한 분위기가 가라앉고 집 안이 조용해지자 남매에게 비로소 슬픔이 찾아왔다. '엄마가 없다', '엄마는 이제 영원히 돌아오지 않는다'는 감각이 남매의 가슴으로 매섭게 파고들었다.

어머니의 부재는 집 안의 등불을 꺼뜨려 버렸다. 집 안 구석구석까지 밝고 부드럽게 드리워 있던 등불이 훅 하고 꺼져 버린 것처럼 남매의 마음은 어두워졌다. 따뜻한 난롯불이 완전히 꺼져 버린 것과도 같이 남매의 곁은 냉랭하게 식었다. 그동안에도 어머니는 병환으로 쭉 자리에 누워 있었고 눈에 띄게 일을 한 것도 아니었지만, 어머니가 곁에 있다는 것만으로도 집 안 어딘가에 한가하고 온화한 분위기가 흘렀는데——. 마키코나 와타루에게 어려운 일이 닥쳤을 때, 마음이 심술로 배배 꼬였을 때, 어리광을 부리고 싶을 때, 그때마다 어머니는 유일한 피난처였다. 무엇이든 안심하고 상담할 수 있고, 무엇이든 길을 알려 주는 현명한 등대였다. 신은 남매에게서 그 모든 것을 단숨에 앗아갔다. 이런 남매와 같은 아이들이야말로, 다른 사람보다 몇 배로 상냥한 어머니가 필요했을 터인데, 대체 신의 속내는 무엇이었을까. 무심코 실수를 저지른 신은 나중에 크게 후회하게 될지도 모른다.

어머니를 잃고 찾아온 초가을 달은 깨어질 듯 맑고 깨끗했다. 남매는 밤마다 눈물을 흘렸고, 그 눈물이 하늘에 계신 어머니의 영혼에 닿아 은빛 원으로 얼어붙은 듯한 달빛이 엄마 없는 외로운 집 창문으로 흘러들었다.

너무도 상냥한 한밤중의 달
구름 한 점 없이 한결같아라

맑고 깨끗한 빛을 뿜어내면서
세상의 끄트머릴 비추고 있네

바다 같은 어머니 고귀한 이여
언제나 변함없이 한결같아라
마음속 굳센 사랑 지켜 내면서
우리들을 위하여 살아가셨지

미로 속에 갇히어 헤매일 때도
저기 저 달 표면을 바라본다면
안개가 걷히고 경쾌해져서
먼 옛날로 돌아간 기분이 든다

엉뚱한 고민으로 잠 못 들 때도
어머니 목소리만 들려온다면
고민은 사라지고 오래전 그날
맑고 깨끗한 마음 솟아오르니

아아 나의 친구는 달과 어머니
어머니와 달에게 이끌리면서
아늑하고 편안한 길을 찾는 것
내가 바라는 것은 그뿐이라네

언젠가 읽었던 사이조 선생*의 「달과 어머니」라는 시를 떠올린 마키코는 막 흘러넘칠 듯한 눈물을 꾹 참고 이제 자신에게 남은 단 하나의 달을 올려다보았다. 달과 어머니——, 시인은 이렇게 노래했지만 마키코에게는 오직 달뿐, 이 가을 엄마는 이미 곁에 없다.

마키코는 자신이 이렇게 슬프니 동생은 얼마나 외로울지 잘 알고 있었지만, 동생을 위로하고 감싸 줄 여유가 없을 만큼 큰 슬픔에 빠져 허우적거리고 있었다.

'슬픔'이 사람의 영혼에 알맞게 스며들 때는 그 사람을 차분하고 고독하며 순수하고도 상냥하고 배려 깊은 사람으로 만든다. 하지만 불행히도 그 '슬픔'이 극도로 강렬하게 파고들 때는 그 사람을 황폐하고 어둡게 비틀어 버려서 타인에게 차갑고도 냉혹한 이기주의자가 되어 버린다. 마키코는 다소 후자 쪽의 '슬픔'에 닮아 있었다.

게다가 마키코는 이 고통스러운 슬픔을 잊게 해 줄 마약이 있으면 좋겠다고 생각했다. 무엇이든 좋았다. 이 슬픔과 괴로움, 쓸쓸함, 허전함을 잊게 해 줄 것이 있다면 그게 무엇이든 하겠어, 라고 하는 다소 거칠어진 마음으로 2학기 첫 등교를 했다.

그것도 내키지는 않았다. 더는 학교 따위 가고 싶지 않다는 생각마저 들었지만, 그저 쓸쓸히 집에 틀어박혀 답답한 분위기 속에 가만히 있느니——, 라는 생각으로 집을 나섰을 만큼 이도저도 다 체념해 버린 소녀가 되어 있었다. 그 기분에는 아마도 이런 무시무시한 이름이 붙어 있으리라. '자포자기!'

마약

마키코가 학교에 나타나자마자 곧바로 요코가 달려왔다.

"어떻게 지냈어? 약간 야위었네. 네가 기운을 차리도록 마법을 걸어 줄게."

요코의 마법이란 무엇일까. 아마도 제대로 된 건 아닐 것 같지만, 마키코는 오랜만에 밝고 명랑한 요코를 보자 어쩐지 마음이 놓이면서 구원을 받은 듯한 기분이 들었다.

아아, 마약! 요코의 말 한 마디, 한 마디가 마키코에게는 주체할 수 없는 슬픔을 잊게 만드는 신비로운 마녀의 목소리였다. 요코의 말이야말로 독을 품은 아름다운 꽃에 맺힌 이슬이었다. 이제 마키코는 완전히 요코의 포로가 되었다. 저항할 힘도 없이 요코의 매력에 빠져들어 힘없이 유약한 아이로 전락하고 말았다.

"내 마법이 뭔지 알겠니? 아무튼 마법은 마법이니까 꼭 비밀을 지켜 줘. 여기선 말해 줄 수 없지만 내 마법을 얌전히 받아들이겠다고 맹세해. 그리고 내가 시키는 대로 해 줘. 그럴 수 있겠어?"

요코는 마키코의 마음을 기세 좋게 파고들었다. 거미가 줄에 걸린 작은 벌레를 낚아채듯이――.

"자, 그럼 나중에 봐."

요코는 자신의 마법이 그 무엇보다 신성한 것인 양 굴었다.

2학기 개학식은 점심시간 전에 끝났다. 학생들은 교실 청소와 학기 초 책상 순서만 정한 뒤 돌아갈 수 있었다. 그때 아주 오래간만에 가즈에가 마키코에게 다가와 말을 걸었다.

가즈에는 조금 쑥스러운 듯이 말했다――.

"아이들 말에 따르면, 너희 어머니께서 돌아가셨다고……."

"아이들 말에 따르면" 같은 말은 무슨 편지의 서두처럼 어색했다. 가즈에는 사소한 일상 대화에서도 진지하고 성실한 말투를 썼다.

"응."

"저기, 꽃을 조금 가져왔어. 드리고 싶어서……."

우물거리긴 했지만 마키코 어머니 영전에 꽃을 바치고 싶다는 뜻인 것 같았다.

"고마워. 잘 받을게."

"저쪽에 있는데……."

가즈에는 앞장서서 걸어 나갔다. 어디에 있는지는 알고 있었다. 수돗가 콘크리트 세면대였다.

그곳 양동이에 흰 꽃다발이 꽂혀 있었다. 아스파라거스 이파리로 묶어 고정한 귀여운 꽃다발이었다.

마키코가 꽃다발을 받아들고 돌아가려는데, 마침 요코가 기다리고 있었다.

"아까 나랑 한 약속 잊으면 안 돼."

그러면서 마법을 부리겠노라며 재촉했다.

"아무 말 말고 그냥 날 따라와."

요코의 말에 마키코는 묵묵히 그 뒤를 따랐다.

교문을 나서니 골목길에 자동차 한 대가 기다리고 있었다.

"자, 이 차에 타."

운전사가 차문을 열자, 요코가 마키코를 부추겨 차에 태우고 자기도 뒤따라 탔다.

어쩐지 진짜로 신비로운 마법 같았다. 두 사람을 태운 자동차가 달려 나갔다.

"있잖아, 마키코. 엄마가 돌아가신다는 거, 그렇게 끔찍이도 슬픈 일이야? 그런 일이야?"

요코는 오히려 이해가 가지 않는다는 듯이 고개를 갸웃했다. 마키코는 대답하지 않았다. 엄마를 잃어 보지 않은 사람이 그렇게 만사태평한 질문을 하는 데 일일이 대꾸할 필요가 있을까.

"나 생각해 봤어. 만약에 우리 엄마가 돌아가신다면 어떨까 하고 말이야. 그랬더니 별로 슬프지도 않을 것 같다는 생각이 드는 거야. 그야 그렇잖아, 우리가 이제 젖먹이도 아니고 말이야. 호호호호호."

요코는 혼자 웃었다.

"그게 그렇잖아, 엄마들은 잔소리만 해대잖아, 생각도 고리타분하고. 따지고 보면 엄마한테서 해방되는 것도 나쁘지 않을 것 같아. 그래서 나 벌써 각오했어. 엄마가 돌아가신 대도, 아빠가 돌아가신 대도, 소녀 소설 속에 나오는 애들처럼 울거나 우울해하지 않겠다고 말이야. 담담해질 거야. 근대에는 여자애들의 심리도 옛날과 다르게 진보해야 해——."

요코 혼자 웅변을 토했다. 마키코는 잠자코 듣고만 있었지만 역시 마법이 효과가 있었는지, 그 순간 요코가 자기 손이 닿지 않는 높은 곳에 있는 영웅처럼 보였다. 아주 굳세고 힘센 여왕처럼 보이기도 했다.

엄마가 돌아가셨다고 울며 탄식하지 않는 아이——마키코에게는 그런 사람이 마법사로부터 무슨 소원이든 다 들어주는 보석 구슬을 받은 행복한 아이처럼 여겨졌다. 훌륭한 영웅처럼 보였다.

부디 그런 영웅이 되고 싶었다. 그래, 오늘부터라도 요코처럼 담대하게 마음을 먹어 보자. 그런 사람이 되자.

"나도 그럴 수만 있다면 얼마나 행복할까!"

마키코의 거짓 없는 외침이었다.

"응, 그러니까 그렇게 해. 나 벌써 엄마한테 선언해 두었어. '엄마는 언제 돌아가시더라도 안심하세요. 나는 괜찮으니까. 이제 혼자서 옷도 골라 입을 수 있고, 학교도 갈 수 있고, 사교 생활도 가능하고, 즐겁게 노는 방법도 알고 있고, 전혀 문제없으니까요.'라고. 그랬더니 엄마는 약간 기분이 상한 것 같더라. '진짜 매정한 애네.'라고 했어. 호호호호호."

"어머!"

마키코는 감탄했다. 그녀가 보기에 요코는 자기가 사는 세상과 완전히 다른 세계에 사는 인종처럼 보였다. 그 세계에는 늘 꽃이 피어 있고, 새가 지저귀고, 봄바람 냄새가 나고, 슬픔도 눈물도 없고, 화사한 웃음과 멀미가 날 것만 같은 한없는 쾌락이 흐르고 있는 듯했다.

'아아, 나도 그런 세상에 살고 싶어, 당장 오늘부터라도 그런 세상으로 이사 가고 싶어!'

마키코는 이제껏 자신이 겪어 온 환경이나 분위기와 완전히 '안녕'을 고하고 싶었다. 그럴 수만 있다면 얼마나 마음이 가벼울까. 슬픔도 괴로움도 외로움도, 갖가지 반성도 일시에 사라지는 나라가 있다면——. 산과 들을 몇 날 며칠 방황하며 걸어도 좋다, 외로움이 끝나는 나라를 찾아——. 마키코는 눈물을 글썽이며 간절히 바랐다.

자동차는 어느 새 시나가와를 빠져나와 국도를 달리고 있었다. 어디로 날아가는 걸까, 이 자동차는——. 하지만 마키코는 아무래도 좋았다, 이 차를 타고, 영원히 슬픔이 없는 나라로 가 버리고 싶었다. 마키코는 오직 자기 슬픔의 부담을 버리고 싶다는 마음에 하나뿐인 동생 와타루, 아빠—— 돌아가신 엄마마저 잊고 있었다.

요코도 말이 없었다. 자동차 밖은 차츰 요코하마 풍경으로 접어들고 있었다.

"이제 우리가 어디로 가는지 알겠니?"

요코가 물었다.

마키코는 자동차를 타고 그렇게 긴 시간 드라이브를 해 본 경험이 없었기에 어디로 가는지 전혀 알 수 없었다.

"아니."

마키코는 고개를 가로저었다.

"그럼 가만히 보고만 있어——. 걱정 마, 지옥으로는 안 갈 테니까."

요코는 그렇게 말하며 마키코 쪽으로 몸을 기댔다. 둘은 사이좋게 어깨를 나란히 했다. 마키코는 여전히 가즈에가 준 하얀 꽃다발을 소중히 간직하고 있었다. 그 작은 꽃다발은 마키코의 무릎 위에서 흔들리면서, 아직 가을이라고 하기엔 이른 9월 초 햇빛이 힘겨운지 빨리 물에 넣어 달라고 애원하듯 풀이 죽어 있었다.

요코가 그 꽃다발을 보고 물었다.

"그거 뭐야? 아까부터 무지 소중하게 간직하고 있던데. 꽃다발이 약간 빈약하네."

"가즈에가 모처럼 준 거야."

이도저도 다 잊고 다소 멍청해진 마키코였지만, 눈앞에 흔들리는 꽃을 누가 준지는 기억하고 있는 듯했다.

"어머 그래? 실례했네. 호호호호, 그 친구도 마법에 끼워 줄걸. 그랬으면 마법이 더 잘 걸렸을 텐데."

"초대해도 가즈에는 안 왔을 거야……. 그런 애니까."

마키코는 그 작은 꽃다발을 선물한 사람이 자기처럼 쉽게 요코의 유혹에 넘어오는 성격이 아니라고 생각했다.

"호호호호, 정말 그럴까? 노트도 빌려주고 꽃다발도 주고. 로봇의 여왕도 마키코 널 좋아하나 봐. 그러니까 나도 방심할 수 없지."

요코는 일부러 과장되게 질투하는 분위기를 내 보았다.

"이 꽃다발은 돌아가신 엄마한테 드리는 건데 뭐……."

마키코는 흰 꽃을 흔들어 보였다.

"친구 어머니에 대한 도리다, 이거지. 그렇지만 곤란해. 영전에 바칠 꽃을 그렇게 꼭 끌어안고 있으면 내 마법이 안 통할 거야."

요코는 그 꽃을 쿡 찔렀다. ──아름다운 마녀의 마법도 친구 어머니의 영전에 바칠 꽃 앞에서는 마력이 사라질지도 모른다. 하지만 버리기는 힘든 꽃이다.

"어차피 하루 종일 들고 다니면 다 시들 거야. 그보다는 집에 가는 길에 요코하마의 큰 꽃집에서 멋있는 꽃다발을 사 오자, 어때?"

그러더니 요코는 마키코의 손에서 꽃다발을 쏙 빼앗아 반쯤 열어 둔 차창 밖으로 팔을 내밀고 홱 던져 버렸다.

때마침 자동차는 로쿠고강 다리로 접어들고 있었다. 달리는 자동차의 속도와 휘몰아치는 바람의 힘으로 흰 꽃다발이 뱅글뱅글 날아오르더니, 다리 너머 강물 위로 꽃다발이 풀어져 새하얀 꽃잎이 눈송이처럼 흩어졌다.

마키코는 무참한 처지가 된 꽃을 보자, 무시무시한 죄를 범한 것만 같아 그 꽃에서 얼굴을 돌려 버렸다.

요코는 상냥하게 마키코의 어깨에 손을 두르며 웃어 보였다.

"어때?"

기교가 넘치면서도 자신만만한 눈썹 아래로 복잡하고 아름다운 미소가 떠올랐다.

마키코는 마음이 약해져서 자기도 모르게 다시금 고개를 돌리려는데 문득 풍겨 오는 물망초 향기, 요코가 늘 쓰는 은은한 물망초 향수 냄새가 수상쩍게 마음을 설레게 했다. 요코는 일부러 그러는 사람처럼 은근슬쩍 자기 귓불을 마키코에게 들이댔다. 아마도 그 부근에서 풍기는 냄새이리라.

자동차는 말없는 두 사람을 태운 채 질주하다가 이윽고 요코하마 거리로 들어섰다.

"가끔 쇼핑도 할 겸 여기로 와. 아주 어렸을 땐 고베에 살았거든. 그래서 항구가 있는 마을을 좋아해."

요코가 쾌활하게 말했다. ——항구가 있는 마을, 그 말의 울림이 마키코에게도 아름답고 로맨틱하게 들렸다.

"항구가 있는 마을…… 정말이네……."

마키코도 온 마음을 다해 오랜만에 밝은 목소리로 말했다. 아직은 별것 없이 낮은 주택이 늘어선 거리였지만, 그것마저도 흥미롭다는 듯 두 사람은 차창 밖으로 얼굴을 내밀고 바라보았다——.

이미 도쿄는 한참 멀리 있는 세계였다. 쾌적한 드라이브가 마키코를 우울로부터 벗어나게 했고, 가벼운 피로감이 마키코의 기분을 슬픔의 그물에서 해방시켰다.

빛나는 요코, 밝은 요코. 그 옆에 있으면 마키코도 은근히 명랑함을 이어받아 행복해질 것만 같았다.

요코는 태양이었고, 마키코는 달이었다. 태양의 광선을 받아 빛도 나고 그늘도 지는 달. 태양의 강렬하고 환한 힘에 비해, 달은 차분하고 어딘가 외로운 빛이다.

태양의 요코!

달의 마키코!

아무래도 오늘은 보름달이 뜬 듯하다. 마키코는 밝은 목소리로 떠들 수 있을 것 같았다.

자동차는 계속해서 달렸다. 마키코는 그곳이 어디인지 알지 못했다.

"늘 가는 곳이요."

요코가 운전사에게 말했다.

"자, 내리자."

요코가 폴짝 뛰어내린 곳은 모토마치 상점가로 들어서는 거리였다. 눈앞에 서 있는 하얀 건물 유리문에는 다음과 같이 쓰여 있었다.

Madame Brune

요코가 벨을 누르며 뒤돌아서 말했다.

"오늘은 그만 가도 좋아요. 쇼핑하고 놀다가 전철 타고 들어간다고 엄마한테 전해 줘요."

운전사는 공손히 인사를 하고 차로 돌아갔다.

문이 열렸다.

"봉주르, 마드므와젤."

중년의 서양 여성이 활짝 웃으며 요코를 반겼다. 백인인데도 얼굴에 흰 파우더를 듬뿍 발랐고 립스틱 색도 짙었다.

"나 있지, 오늘은 가을 드레스를 부탁하러 왔어. 조금 늦었지? 그러니까 서둘러 줘, 마담."

마담은 아주 친한 사이처럼 요코의 손을 잡는 것으로도 부족해서 꼭 끌어안고 이마에 키스까지 했다.

키스 같은 건 영화에서나 봤지 실제로 보는 건 처음이라 마키코는 우물쭈물하며 요코 뒤에 숨었다.

"이 아가씨는?"

마담 브린느가 마키코의 얼굴을 들여다보자 요코는 장난스럽게 웃으며 대답했다.

"내 동생이야."

"어머, 너 외동딸이라고 그랬잖아."

"그럼 사촌."

"사촌?"

마담 브린느가 되물었다.

"마 퀴진느."

요코가 프랑스어로 말하자 마담은 "오, 오오" 하고 끄덕이며 마키코에게 손을 내밀었다. 그러면서 마키코의 작은 손을 아프게 비틀 정도로 꼭 쥐고는 "잘 부탁해요" 하고 유창한 일본어로 말했다.

"마담, 이 아이한테도 어울리는 예쁜 옷을 만들어 줘. 어때, 이 아이 멋진 브뤼넷*이지? 마담도 좋아하게 될걸?"

"위, 위, 마드므와젤."

그러면서 마담은 눈을 가늘게 뜨고 마키코를 바라보다가 감탄하며 어울리는 디자인을 찾으려는 듯 진지한 표정을 지었다. 그러고는 스타일북을 가져왔다.

"마침 파리에서 막 도착한 최신 의상 중에 괜찮은 게 있었는데, 어디 보자."

마담이 이윽고 찾아냈다.

"이거, 이건 마드므와젤 요코한테 어울리고. 그리고 이건 네 사촌에게 어떨까?"

마담은 신이 나서 반강제로 혼자 디자인을 결정하더니 옷감을 고르기 시작했다.

요코의 옷은 전반적으로 오버올스를 떠올리게 하는 디자인으로, 허리에 달린 스커트는 앞뒤로 솔기가 보이고 밑으로 갈수록 넓게 퍼지며, 위쪽으로는 멜빵을 등 뒤에서 교차하도록 해서 어깨 앞으로 둘러 입는 식이었다. 블라우스는 귀여운 주름이 들어간 소매를 옷깃 근처에서 크게 묶은 꽤나 대담한 디자인이었다. 옷감으로는 스커트로 밤색 울 조젯*을 쓰고, 블라우스로 연노랑 천에 연한 밤색 물방울 모양이 들어간 크레이프 드 신*을

쓸 거라고 했다.

마키코의 옷은 은은하고 부들부들한 노랑 울 상하의로, 가슴에서 더블로 만나는 투명한 버튼이 달려 있고, 버튼과 같은 재질로 만든 버클이 달린 밴드에, 어깨에는 작은 날개처럼 케이프*가 달려 있었다. 스커트는 가느다란 주름이 가득 잡힌 모양이라고 했다.

결국 거의 다 마담의 말대로 결정하게 되었다. 스타일북을 뒤적거리던 요코가 대담하게 등이 파인 아름다운 이브닝드레스를 발견하고 한참을 들여다보더니 "마담, 이거 나한테는 아직 일러?" 하고 물었다.

"아무래도 그렇지, 학교 졸업하기 전까지는."

"빨리 이런 거 입고 싶은데."

요코는 등이 거의 다 파인 세련된 롱드레스 그림을 넋 놓고 바라보았다.

마키코는 정신이 하나도 없었다.

"요코, 난, 아빠한테 물어봐야 하는데……. 옷 맞추려면……."

"왜? 아아, 이거 예쁘다. 내 옷이라고 하면 되잖아. 어차피 나중에 우리 집으로 보내 줄 거니까."

요코는 방긋 웃으며 말했다.

"그래, 그래, 이게 다 마법이라고 생각해. 그러니까 가만히 있어, 가만히!"

그러고는 손가락을 입술에 대고 거만한 표정을 지었다. 그때 요코의 발밑에서 야옹야옹 하고 어리광을 부리는 고양이 소리가 들렸다. 내려다보니 아름다운 잿빛 고양이가 보였다.

"이것 봐, 이 고양이 귀엽지? 마담의 마스코트야."

요코는 고양이를 안아 올려 귀엽다는 듯이 뺨에 대고 문질렀는데, 마키코는 어릴 때부터 고양이가 무서웠다. 심지어 꼭 안겨서 반쯤 감긴 그 초록색 눈을 보자 너무 놀라 뒷걸음질을 쳤다. 요코가 큰 소리로 웃었다.

"어머, 공주님은 네가 싫은가 봐. 자, 저쪽으로 가. 그럼 마담, 부탁해. 서둘러 줘."

두 사람은 호들갑스럽게 배웅을 하는 마담을 뒤로하고 밖으로 나왔다. 머리 위에서 조금 기울어진 한낮의 태양은 흰 상점 건물이 늘어선 항구 마을에 부드러운 그림자를 드리웠다. 다소 인적이 드물어진 한낮의 거리에는 커다란 건물이 고요히 서 있었다. 마키코는 그곳이 일본이 아닌 것만 같은, 바다 건너 낯선 나라의 도시를 걷고 있는 것만 같은, 어렴풋한 이국의 정서를 느꼈다.

"배가 너무 고파서 아플 지경이야. 옷에 정신이 팔려서 점심도 걸렀네. 건강에 해로워."

두 사람 다 점심나절 학교에서 나와 여기로 온 뒤 꽤나 긴 시간을 보냈다.

"벌써 두 시네. 어서 늦은 점심을 먹자. 뉴그랜드 호텔로 가서……."

요코는 마키코를 안내하며 넓고 아름다운 보도를 걸었다.

여자아이 둘이서 멋대로 먼 도시까지 드라이브를 하고, 멋대로 옷을 맞추고, 호텔로 가서 식사를 한다——. 그렇게 마음이 내키는 대로 대담한 행동을 하는 게 마키코로서는 난생처음이었다.

정말이지 요코는 작고 아름다운 마녀였다. 그 마녀가 조종하는 실에 이끌려 걷고 있는 마키코는 지금, 하얀 돌로 이루어진 이 보도마저도 현생이라는 생각이 들지 않았다.

금단의 열매

식사 시간이 지난 뉴그랜드 호텔 레스토랑은 고요했다.

마키코와 요코는 종려나무 화분 그늘 아래 마련된 원탁에 마주 앉았다. 요코는 웨이터가 건네는 메뉴판을 받아 들었다.

"마키코, 넌 뭐 좋아해?"

요코가 마키코 앞으로 메뉴판을 내밀며 물었지만, 마키코는 도무지 진지하게 음식을 고를 만한 여유가 없었다.

"내가 알아서 정할까?"

"그래 줘."

"그럼, 먼저 차가운 새우를 내주고── 그리고 또── 여기 믹스그릴이 괜찮아, 그거 2인분 줘요, 거기다 샐러드랑."

요코는 이미 상당한 연배의 귀부인처럼 익숙한 태도로 웨이터에게 주문했다.

"음료는 어떻게 할까요?"

웨이터가 공손하게 묻자 "아이스 워터면 충분해."라고 하다가 갑자기 장난스러운 눈빛으로 말했다.

"마키코, 우리 칵테일 마실까? 식욕을 돋워 줄 거야."

하지만 마키코는 그저 눈만 깜빡일 뿐이었다.

"단것으로 줘, 만다린 대에 올려서."

결국 요코가 멋대로 주문해 버렸다.

이윽고 무만큼 두툼한 이세새우 두 조각이 붉은 껍질을 두른 채 접시에 올려 나왔다. 새우 위에는 마요네즈 소스가 뿌려 있었다. 얼음이 들어간 차가운 물과 기다란 나팔꽃 모양의 칵테일 잔에 찰랑찰랑 담긴 연분홍빛 알코올 액체가 두 사람 앞에 놓였다. 칵테일에는 이쑤시개에 꽂힌 체리 한 알씩이 떠 있었다.

"달콤하다, 괜찮네."

그런——, 여학생 신분에 크게 벗어난 행동을 대담하게 하는 요코가 마키코에게는 아름답게 비쳤다. 요코는 자기보다 나이도 훨씬 많고 세상 경험도 많아서 일본이 아닌 어딘가의, 예를 들면 바그다드의 여왕처럼, 인도의 왕자가 바친 세상 어느 곳이나 꿰뚫어볼 수 있는 수정 구슬이나, 죽은 자를 되살리는 금사과나, 급할 때 비행기처럼 하늘을 날아 도망칠 수 있는 양탄자나, 그런 멋진 보물을 지닌 대단히 신비로운 왕녀처럼 보였다. 요코——. 마키코의 눈에는 세상 어디에도 없는 신통력을 가진 여왕이었다.

그러니 마키코의 집 가풍이나 지금까지 받아 온 교육 방침, 혹은 본인의 성격으로는 도무지 용납할 수 없는 이런 소행을 벌일 수 있었다. 마지막에는 둘이서 붉은 마법의 양탄자를 타고 창문에서 날아올라 하늘 멀리 도망치면 된다—— 하는 생각이 있었다.

그랬기에 뒤이어 큰 접시에 담겨 나온 두 사람 분의 믹스그릴, 즉 다양한 고기와 내장류를 구운 요리가 마치 『맥베스』에 나오는 마녀가 어두운 동굴 속에서 푸른 불꽃으로 냄비에 삶은 이상한 동물의 간을 접시에 내온 듯한 기분마저 들었다. 그것을 한 점 입에 넣으니, 더는 악이 악으로 느껴지지 않았고, 두려움도 사라져, 용기 백 배 하니 그만 자기 자신을 상실하고 말았다——.

마키코는 참으로 신기하고도 두근거리는 마음으로 포크를 들었다.

그렇게 디저트로 나온 연노랑 아이스크림이 은수저 끝에서 녹듯이, 그날 오후 시간이 지나고 있었다——.

"오늘 프로그램은 이 정도로 끝내고 나중에 또 놀자."

요코는 마키코를 완전히 리드하며 호텔 레스토랑에서 나오는 길에 이렇게 말했다.

"올해 12월 31일 밤에 나랑 같이 여기 오지 않을래? 매년 가면무도회가 있거든. 프랑스에서 말하는 레베이용 말이야. 밤 12시까지 춤을 추지. 시계가 12시를 치면 제야의 종이 울리고 그때까지 반짝이던 전기가 일시에 꺼져. 그러면 여기저기서 샴페인을 팡팡 터트리고 '새해 복 많이 받아', '본 안네', '해피 뉴이어'로 시끌벅적 한참 소란을 피우다가 다시 화려한 춤을 추지. 그날 밤은 새벽 4시까지 놀다가 마지막에 가장 멋진 복장을 하고 온 사람에게 투표를 해. 기가 막힌 아이디어로 치장한 사람과 가장 아름다웠던 사람을 뽑는 거지. 대체로 외국인이 좋은 점수를 얻어. 왜냐하면 일본인은 소심해서 재미있게 꾸밀 줄을 모르거든. 하지만 올해는 널 데리고 갈 거야. 왜 있잖아, 지난번 내 생일 파티 때 너한테 입혔던 검은 탱고 의상이 정말로 멋졌잖아. 그러니까 자신 있어. 널 가면무도회에서 가장 멋지게 꾸미고 온 사람으로 만들래. 나도 옷을 맞춰야겠다. 그런 건 아까 그 마담 브린느에게 부탁하면 잘 만들어 줘. 어때?"

요코는 호텔을 나오며 연말 무도회에서 마키코를 어떻게 치장시킬지를 두고 이야기를 시작했다. 마키코는 몽롱한 기분으로 요코의 계획을 들으며 이윽고 자신이 바그다드 왕궁에서 왕녀의 총애를 받는 시녀가 된 듯한 기분에 사로잡혔다. 그녀는 그때가 오면 왕녀의 기분이 좋아지도록 멋지게 치장을 해야겠다는 생각마저 드는 지경이 되어 버렸다.

어느 새 두 사람은 바다가 내려다보이는 부두 근처 공원으로 들어섰다.

'들어가지 마시오'라는 푯말이 쓰여 있는 풀밭 위로, 불온한 두 소녀는 사슴처럼 태연히 들어가 앉았다. 항구에는 커다란 배 두세 척이 닻을 내리고 있었다.

"저건 프랑스 배네."

요코가 노란 돛대 위에 삼색 프랑스기가 팔락거리는 쪽을 가리키며 말했다.

"배는 정말 멋있게 생겼어."

요코가 감탄하며 넋을 놓고 바라보았다.

선박에 마음을 빼앗긴 아이처럼 신이 난 듯했다. 마키코도 배를 바라보며, 언젠가는 저런 배를 타고 섬 하나 보이지 않는 망망대해로 나아가 수평선 너머로 지는 붉은 석양을 바라보며 지구를 여행하고 싶다는 원대한 꿈을 꾸었다.

초가을 땅거미 지는 바다 위 하늘은 조금씩 실크 커튼 치듯 그림자를 드리우고, 배의 둥근 창문마다 탁 하고 아름다운 등불이 켜졌다.

잠시 후, 두 사람은 거리를 빠져나와 요코가 부른 택시를 타고 도쿄로 향했다. 차가 달리기 시작하자 요코가 친절하게 굴며 말했다.

"어, 꽃 사는 걸 잊었네. 아까 가즈에가 준 꽃다발을 버렸잖아. 그 대신으로 사려고 했는데, 호호호호."

"괜찮아, 필요 없어."

마키코는 달리는 차를 세워 꽃집을 찾고 꽃을 사는 게 힘들어서 그렇게 말했지만, 사실 오늘 요코의 마법 덕분에 새로운 자극을 잔뜩 받아 지쳐 있었기 때문에 꽃을 살 정신도 없었다. 모처럼 가즈에가 준 정성스러운 꽃을 대신할 무언가를 찾아 나설 이유도 없었다.

"그래? 필요 없니? 다행이네. 다음에 내가 좋은 꽃으로 선물할게."

그렇게 두 사람은 말간 표정으로 택시를 타고 달렸다.

오오모리 근처까지 왔을 때, 경찰관 두세 명이 관문에 서서 지나가는 자동차를 일일이 세우고 안을 수색하고 있었다. 자동차 번호와 운전사의 면허증도 검사했다.

"무슨 비상이라도 걸렸나 보네. 나쁜 짓을 한 차가 도망쳤나 봐."

요코가 앞을 내다보며 말했을 때, 두 사람이 탄 택시 앞의 두 대도 멈춰 서서 경찰에게 혼쭐이 나고 있었다. 이윽고 요코가 탄 택시 차례가 되었다.

"짜증 나, 중간에 세우면 늦어지잖아. 상관없으니까 그냥 달려요. 특별히 5엔 더 줄 테니까."

요코가 택시 운전사에게 큰 목소리로 말했다. 집까지 3엔에 가기로 약속했는데, 거기다 5엔을 더 얹어 준다는 소리를 듣고 운전사는 욕심이 생겼는지, 아니면 무면허라 경찰관이 무서웠는지, "그렇습니까, 아가씨. 약속했습니다!" 하고 말하며 속력을 내어 멋들어지게 경찰의 검문을 돌파했다.

"그래요, 진짜예요. 대신 제대로 도망쳐야 해. 알았죠!"

요코는 그러면서 옳지 않는 일을 더욱더 부추겼다.

택시는 경찰의 추적을 피하기 위해 점점 더 속력을 냈고, 규정 속도를 훨씬 넘겨 쏜살같이 바람을 일으키며 땅거미가 내린 어둠 속 오오모리 해안 도로를 날듯이 달렸다.

마키코는 심장이 두근거렸다. 그렇게 나쁜 짓을 하다가 혹시라도 경찰관에게 붙잡히면 어쩌나——. "뒤에 타고 있던 아가씨가 시켰습니다."라고 운전사가 고백해 버리면 끝나는 것이다. 두 사람은 경찰서로 끌려가서 왜 검사가 무서워서 도망쳤는지,

여자 강도라서 그런 것은 아닌지 의심을 받을지도 모르고, 그렇게 되면 아버지가 불려 오고, 학교에서 추궁을 당하고, 신문에 불명예스러운 사진까지 실려서—— 생각하면 생각할수록 몸이 떨려 오는 대모험이었다.

그런데도 요코는 완전히 재미가 들려서 후방 창으로 뒤를 보며 "저런, 이제야 빨간 오토바이*가 추격해 오네. 힘내요, 우리가 이길 게 분명해."라고 하면서 마치 스포츠 경기라도 하는 것처럼 기분을 냈다. 요코나 운전사나 분별력이 없었다. 빨간 오토바이로 쫓아오는 경찰이야말로 더없이 가여울 따름이었다.

하지만 다행히도 저물녘 어둠 속의 질주였고, 옆 도로에서 자동차가 두세 대 나타나서 도로에 후미등이 여기저기서 세 개씩 네 개씩 나타나 달리기 시작하니, 쫓는 쪽도 어느 차가 어느 차인지 구분하기 어려워졌다. 게다가 요코 일행의 차가 도쿄로 들어왔을 때는 교통 혼잡도 심해져서 결국은 추적을 포기한 것 같았다.

마키코가 안심하자 요코는 한층 더 악당다운 지혜를 발휘하며 말했다.

"여기서부터는 시나가와니까 전철로 갈아타자. 범죄의 흔적을 지워야지——."

정말로 어엿한 악당이 되어 제안을 하는데 소녀 갱이 따로 없었다.

두 사람은 시나가와역에서 내려 재빨리 전철 플랫폼으로 숨어들었다.

전철을 탄 뒤 요코는 무척 재미있었다는 표정으로 말했다.

"오늘 진짜 재미있었다. 마키코, 무서웠어? 하지만 이렇게 위험한 일탈을 하니까 너의 센티멘털 따위는 어딘가로 날아가 버렸지. 그러니까 마법이 아주 잘 통할 거라고 내가 그랬잖아, 호호호호호."

마키코는 그런 소리를 듣자, 정말이지 바그다드의 양탄자에 요코와 함께 타고 하늘을 날아 도쿄까지 온 것 같은 기분마저 들었다.

금단의 열매를 먹은 마키코——. 오늘 요코와 함께한 행동이 얼마나 나쁘고 도리에 어긋난 짓인지 모를 리 없었다. 그러나 그것들 하나하나가 두렵고 진기하고 전부 가슴을 뛰게 만드는 것이 아닌가. 나쁜 일은 재미있는 일인가, 이토록 마음을 떨리게 하는 것인가——. 독이 있는 버섯은 아름다운 빛깔로 산길에 들어선 인간의 아이를 유혹한다는 이야기가 있다. 독이 든 붉은 열매는 슬픔에 잠긴 순진한 아이의 마음을 잡아끌며, 독이 있는 악의 꽃은 과연 그 향기와 색으로 인간의 자식을 혼란에 빠뜨려 영혼을 잠들게 했다.

이윽고 마키코가 집에 돌아왔을 때, 아버지는 아직 귀가 전이었고, 응접실에서 와타루 혼자 누나가 없는 쓸쓸한 집을 지키며 피아노를 치고 있었다.

기다리고 기다리던 누나를 본 와타루가 달려들어 어리광을 피우려 했지만, 남동생을 따뜻하게 감싸 안기에는 마키코가 너무 피곤했다. 오늘 오후에 있었던 대담한 놀이에 너무 지친 탓이었다.

"귀찮아, 와타루. 누나 오늘 학교에서 너무 늦게까지 있어서 머리가 아파."

마키코는 눈썹을 찡그리며 동생을 밀쳐 냈다. 자기 방으로 휙 들어가 틀어박힌 매정한 누나의 뒷모습을 보며 와타루는 멍하니 가엾게 눈물지었다.

아무도 돌보지 않는 아이

아무도 와타루를 돌보지 않았다. 아버지는 일로 바쁘고, 어머니는 돌아가셨고, ──하나 남은 기댈 언덕이었던 누나 마키코는 웬일인지 어머니가 살아 계실 때와 다른 누나가 되어 버렸다. 와타루는 이제 완전히 고립된 외톨이였다.

돌봐 줄 사람도, 놀아 줄 사람도 없는 아이는 전보다 더 격렬하게 피아노를 쳤다.

이 외로운 남자아이가 기운 없이 풀이 죽어서는, 온 마음을 다해 더듬더듬 연주하는 피아노 소리는 세상 무엇보다 애틋한 음색이었다.

그런데도 마키코는── 오늘도 역시 엄마 없는 집에 어린 남동생을 홀로 남겨 둔 채 학교에서 오지 않고 있었다. 오늘은 토요일인데 마키코는 밖에서 무엇을 하는 걸까?

와타루는 그날도 토요일 오후에 함께 놀 사람을 찾지 못하고 집 안에 틀어박혀 피아노만 치고 있었다.

"어이, 와타루!"

등 뒤에서 엄격한 아버지의 목소리가 들렸다. 퍼뜩 건반 두드리던 손을 멈추고 뒤를 돌아보니 찡그린 얼굴의 아버지가 서 있었다.

"너는 남자아이가 되어서 왜 악기만 두들겨 대느냐. 가끔은 오가와 군한테 동물원이든 어디든 데리고 가 달라고 해서 쓸모 있는 이야기라도 좀 듣고 오랬더니——."

아버지는 제법 호되게 야단을 쳤다. 와타루는 오가와 청년이 자신을 데리고 나가도 그다지 즐겁지 않았다. 그보다는 과거의 기억을 돌이켜 보더라도 누나와 함께 다니는 게 훨씬 더 재미있었다.

"와타루, 피아노는 집어치워. 내 소중한 외아들을 피아니스트로 만들 생각은 없다. 이런 걸 뚱땅거린다고 너의 장래에 무슨 보탬이 되겠느냐."

아버지는 끝장을 볼 생각으로 와타루를 피아노 의자에서 잡아끌었다. 그러고는 피아노 뚜껑을 쾅 닫고 열쇠까지 채워 버렸다.

"이제 앞으로는 일절 피아노에 손대지 마라. 남자아이라면 밝은 곳으로 나가서 경쾌하게 놀거나 스포츠를 즐겨야지."

그 말을 남긴 채 아버지는 작은 피아노 열쇠를 주머니에 넣고 자리를 떴다.

아버지 앞에서 아무런 반항도 하지 못하는 심약한 와타루의 영혼은 산산조각 나고 말았다. 와타루처럼 섬세하고 예민한 감수성을 가진 소년은, 예를 들면 아주 고귀한 꽃을 피우는 모종과 같아서 키우기 매우 힘든 면이 있다. 깊이 주의를 기울인, 애정이 가득 담긴 모판이 필요했다. 그런데도 이런 상황이 발생한다는 건, 귀한 모판을 무참히 엉망으로 만들고, 쏟아 주어야 할 애정의 물을 바싹 말라 버리게 하는 꼴이었다. 가여운 모종은 비실비실 숨이 죽어 잡초에 가려져서 말라 죽기를 기다리는 수밖에 없으리라. 와타루는 어둠 속 늙은 마녀에게 납치라도 된 아이처럼 쓸쓸하게 창가에 기대어 있었다. 슬픈 현실 앞에서 소년은 어쩐지 하늘 저편에는 이 세상에 없는 낙원이 있을 것만 같다는 기분이 들었다.

"엄마!"

엄마를 불러 보았지만 공허한 외침이었다. 수천수만 번을 불러도 메아리처럼 돌아오는 허무하고 덧없는 외침!

그러나 와타루는 그 공허한 그림자뿐인 어머니에게라도 돌아가는 것 외에는 자신이 있을 곳이 없다는 기분이 들었다.

누나는 오지 않고, 아버지는 혼을 내고, 피아노는 무정하게 잠겨 버렸다. 와타루는 이 어둡고 고독한 집이 감옥처럼 여겨졌다. 그 감옥을 도망치겠다는 일념으로 비틀비틀 집을 나섰다. 흐린 날 혼고 거리, 그러니까 학자와 학교의 마을인 기품 있는 거리에는 조용히 가로수가 늘어서 있었다. 어스레한 저물녘, 낙엽 지는 초가을 거리의 적막함은 아무도 돌보지 않는 작은 남자아이를 정신 상실자로 만들어 버릴 듯했다. 전차를 기다리는 두세 사람 틈에서 멍하니 서성이던 와타루는 어정버정 그들과 함께 전차에 올랐다. 창문에 붙어서 열심히 바깥을 내다보는 연약한 아이. 와타루는 아무것도 들리지 않고 아무것도 보이지 않았나 보다. 그러니 차장이 뒤에서 말을 걸었을 때, 깜짝 놀라 차장을 올려다보며 그가 내민 손을 이상하다는 듯이 바라보았다.

"종점입니다. 표를 주세요."

와타루는 번뜩 정신이 들어 주위를 둘러보았다. 아버지도 어머니도 누나도 없다. 저쪽에서 승객 두세 명이 일어나고 있을 뿐이었다.

"저분들하고 같이 탔니?"

"……."

와타루는 고개를 가로저었다.

"음, 그럼 혼자 탄 거네. 표 없니?"

"……."

와타루는 역시 고개만 저을 뿐이었다. 표도 없이 전차를 탔다. 돈은커녕 아무것도 가지고 오지 않았다는 생각이 뇌리를 스쳤다. 와타루는 막막했다. 어찌해야 좋을지 알 수 없었다. 와타루는 부끄러움과 혼란스러움에 정신이 아득해졌다. 차장은 전차에 혼자 남겨진 말끔하게 차려입은 어린 남자아이를 의심스러운 눈으로 내려다보았다. 그는 이를 악물고 눈물을 참으며 자기 앞에 서 있는 이 아이가 분명 일행과 헤어져 당황해하고 있으리라고 판단했다. 정말 소심한 아이로구나!

"집이 이 근처니? 혼자 찾아갈 수 있겠어?"

와타루는 차장이 자신을 혼내지 않고 부드럽게 위로하는 듯

물어보자 깜짝 놀라, 이번에는 얼굴이 빨개져서 눈물이 터져 나오려는 것을 꾹 참고 정신없이 고개를 끄덕였다. 친절한 차장의 배려 덕분에 고마고메 종점에서 그냥 내릴 수 있었다. 전차에서 내린 와타루는 정처 없이 걸었다.

길도 집도 사람도 땅도 하늘도 눈에 들어오지 않았다. 그곳은 어쩐지 지옥도 천국도 아닌 갈림길처럼 여겨졌다. 와타루는 부끄러움과 슬픔에 뒤섞여 작은 몸을 내던지듯 걸었다. 바람에 오들오들 떨며 굴러다니는 낙엽이 된 것만 같았다. 이윽고 와타루는 작은 시내가 흐르는 길을 혼자 조용히 걷고 있었다.

문득 돌아보니 그 시내에 걸린 작은 다리 너머로 건축 자재를 쌓아 둔 허술한 울타리가 보이고, 그 옆에 꽤 넓은 공터가 있었다. 자재 창고 근처 공터 구석에 한 무리의 사람들이 원을 만들어 술렁술렁하고 있는 모습이 보였다. 어른과 아이와 자전거를 세우고 선 스님도 신나게 손뼉을 치고 있었다.

와타루는 사람들이 모여 있는 쪽으로 발길을 돌렸다. 야아! 하고 흥분하는 탄성과 함께 사람들이 하늘을 올려다보았다. 와타루도 눈을 드니 사람들의 시선을 한목에 끌고 있는 모형 비행기가 바람을 가르며 하늘을 날고 있었다. 얼마 후 프로펠러가 선명히 눈에 보일 만큼 동력이 떨어지자 모형 비행기는 지친 나비나 총 맞은 새처럼 사선을 그리며 비실비실 땅으로 떨어졌다. 스톱워치를 가진 중학생처럼 보이는 소년이, 1분 2초! 하고 소리치자 박수가 터져 나왔다. 계속해서 다음 순서를 기다리며, 각자 손에 고심해서 만든 비행기를 들고 있는 미래의 작은 비행가들은 '난 잘할 수 있어'라는 표정으로 중앙에서 기다리고 있었다. 그 옆으로 가늘고 긴 원목 테이블 같은 활주대가 놓여 있고, 그 위에 양 날개를 파랑과 빨강으로 칠한 비행기 한 대가 놓여 있었다. 기체에 걸린 여러 겹의 고무가 팽팽하게 꼬여 있다가, 비행기가 활주대를 휘익 미끄러져 나가자 날쌘 매처럼 포물선을 그리며 하늘로 날아올랐다 싶더니, 양쪽 날개 균형이 안 맞는지 하늘에서 버티지 못하고 공기총 맞은 참새처럼 비참하게 땅바닥에 처박혔다. 와아아 하고 웃음이 터졌다.

다음으로 융커스*의 흰색 소형 단엽 비행기가 활주대에 놓였다. 그 비행기의 주인은 거무스름한 피부에 영리해 보이는 소년이었다. 그 모습을 멍하니 바라보고 있던 와타루의 귓가에 어린 여자아이의 목소리가 들려왔다.

"언니, 저거 오빠 비행기네. 잘 날면 좋겠다."

언니한테 어리광을 부리는 목소리에 와타루는 자기 누나 마키코가 떠올라 외로움을 느꼈다. 그 여자아이를 돌아보니, 아이의 손을 잡고 서 있는 사람은 마키코 누나와 비슷한 나이처럼 보였고 같은 교복을 입고 있었다. '아아, 우리 누나하고 같은 학교 다니는 사람이네.' 와타루는 그 사람의 얼굴을 올려다보았다. 그녀는 여동생의 손을 잡고 차분하고 아름다운 눈빛으로 소년의 모형 비행기가 치르는 작은 경기를 지켜보았다. '나도 우리 누나 손을 잡고 이런 걸 보러 왔다면 얼마나 즐거웠을까.' 와타루는 슬픈 마음으로 누나를 떠올렸다.

이윽고 작고 하얀 비행기가 희미하게 윙윙 소리를 내며 기세

좋게 하늘로 날아올랐다. 그걸 보자 와타루 옆에 있던 여자아이가 짝짝 손뼉을 쳤다.

"오빠 비행기, 날아라, 날아라!"

여자아이는 근처에 있는 사람들에게 저 비행기가 자기 오빠 것이라고 자랑이라도 하듯 귀엽게 외쳐 댔다.

하얀 비행기는 지금까지 체공 기록을 깨부수며 하염없이 하늘을 날다가, 마침내 빙글빙글 원을 그리며 낙하하기 시작했다. 그때 기체 중앙에 달려 있던 작은 문이 떨어지며, 동시에 작고 붉은 손수건을 둥글게 말아 둔 것만 같은 물체가 툭하고 튀어 올랐다.

앗! 하는 순간 빨간 것이 확 펼쳐졌다.

"와, 낙하산이다!"

와타루는 자기도 모르게 힘차게 외쳤다.

빨갛고 귀여운 낙하산이 펼쳐졌다. 낙하산을 메고 있는 게 무엇인가 하고 보니, 셀룰로이드로 만든 작디작은 큐피 인형*이었다. 등에 붉은 실이 촘촘히 묶여 있어서 낙하산과 함께 둥실둥실 떨어져 내렸다.

"만세!"

여자아이가 펄쩍 뛰어오르며 손뼉을 쳤다.

"오빠가 일등이네."

여자아이는 자기 마음대로 등수를 정하고는 언니 손을 잡아끌며 소란을 피웠다. 박수 소리가 터지고 소년이 의기양양하게 낙하산과 비행기를 주우러 달려갔다.

"오빠!"

여자아이가 말을 걸었다. 소년은 비행기를 주우며 여자아이를 보더니 웃으며 이쪽으로 다가왔다.

"유키에, 이젠 이거 필요 없으니까 너 줄게."

그러면서 낙하산과 큐피 인형을 여동생에게 내밀었다.

"미쓰오, 기록이 잘 나와서 다행이다."

여학교 교복을 입은 누나가 상냥하게 말을 걸었다.

"응!"

미쓰오는 어깨를 활짝 펴며 의기양양한 얼굴로 달려갔다. 유키에는 큐피 인형과 낙하산을 손 위에 올려 가지고 놀면서 "언니, 어제 이거 진짜 잘 만들어 줬네" 하고 소곤거렸다.

그런 대화들이 와타루의 귀에 낱낱이 들려왔다. 와타루는 어린 비행가를 부러운 듯 바라보았다. 상냥한 누나의 도움으로 좋은 실력을 뽐낸 소년이 부러웠다. 와타루는 요즘 누나가 자기에게 마음을 쓰지 않는다는 사실이 새삼 슬펐다.

그러는 사이, 비가 부슬부슬 내리기 시작했다. 갑자기 변한 날씨로 경기는 중지된 모양이었다. 사람들이 슬슬 돌아가기 시작했다. 와타루도 그 속에 섞여 움직였다. 방금 전 아무 목적 없이 떠돌던 때와 달리, 지금은 집으로 돌아가는 사람들의 분위기에 휩쓸려서인지 아니면, 아까 남매의 상냥한 대화에 등이 떠밀려서인지는 모르겠지만 은근히 집이 그리워졌다. 집에 가면 상냥하고 따뜻한 무언가가 자기를 기다릴 것만 같았다. 하지만 전차표가 없다는 사실을 깨달은 와타루는 난감했다. 그래도 전찻길을 따라가면 집에 갈 수 있을 것이라는 생각에 사람들 뒤를 따라 전차 종점처럼 보이는 곳으로 걷기 시작했다. 그런 와타루 뒤로 가즈에가 두 동생들과 함께 집으로 돌아가고 있었다.

"비가 와서 우승이 결정되지 않았어. 다음 주 토요일에 경기를 이어 간대."

"오빠, 또 비행기 날릴 거야?"

유키에가 깜찍하게 물었다. 바로 그때 갑작스런 비로 발길을 재촉하는 손님들을 태우려는 택시가 난폭하게 달려왔다.

"유키에, 위험해."

가즈에가 동생을 잡아당겼을 정도로 택시는 격렬한 속도로 내달렸다.

힘없이 걷고 있던 와타루 옆을 택시가 빠져나가려고 했을 때, 슬픔을 꾹 참고 있던 소년의 몸이 택시에 부딪히고 말았다. 그 모습을 가장 먼저 발견한 가즈에가 달려와 와타루를 일으켰다. 운전사는 살짝 주저하더니 다시 빠른 속도로 쏜살같이 도망가 버렸다.

"괜찮아, 내가 자동차 번호를 외워 뒀어."

미쓰오도 달려와서 도망치는 자동차를 노려보며 또록또록하게 말했다.

"아, 이 아이, 아까부터 우리 옆에 있었는데. 괜찮아?"

유키에도 와타루를 기억하는 듯 제법 걱정스러운 표정을 지었다.

집의 등불

그날도 마키코는 언제나처럼 요코의 초대로 방과 후 제국극장에서 영화를 보고, 히비야 부근에 새로 생긴 모리나가 캔디 스토어에 들러 뜨겁고 진한 코코아 한 잔을 홀짝이고 있었다. 요코는 좀처럼 마키코를 놓아주지 않았다. 마키코가 겨우 집으로 돌아왔을 때는 이미 저녁 식사 시간도 한참 지난 뒤였다.

발소리를 죽이며 집으로 들어가자 집 안은 무덤 속처럼 차고 쓸쓸했다. 마치 사람이라고는 살지 않는 집 같았다. 하녀가 준비해 준 늦은 저녁을 먹으려고 식탁에 앉았을 때, 아버지는 먼저 식사를 마친 모양으로 식기가 치워져 있었지만, 남동생 와타루의 밥그릇과 젓가락은 아직 손대지 않은 것처럼 그대로 남아 있었다.

"와타루가 어쩐 일이지? 학교에서 안 왔어요? 그럴 리가 없는데."

그러자 하녀도 걱정스러운 표정으로 말했다.

"도련님은 오늘 학교 갔다가 집에 일찍 와서 피아노를 치고 있었는데, 어느 틈엔가 말도 없이 나가서 아직 안 들어오셨어요. 도대체 무슨 일일까요?"

"어머, 어쩐 일이지? 이렇게 늦은 시간까지……."

손목시계를 들여다본 마키코는 깜짝 놀랐다.

"혼자 나갔어요?"

"네, 오늘은 오가와 씨도 안 오시고."

"이상하네. 무슨 일일까."

마키코는 입맛이 싹 가셨다. 와타루! 돌이켜 보면 누나 하나 남동생 하나, 어머니를 여의고 외로운 남매, 서로를 더 의지하고 살아야 할 두 사람이 아닌가——. 그런데도 제대로 보살펴 주지도 못했다. 매일 요코와 지칠 때까지 이리저리 쏘다니며 노느라 혼이 빠져 있었지. 동생이 얼마나 외로웠을까? 집으로 돌아와 동생의 모습이 보이지 않자, 마키코는 마음이 저릿하고 처음으로 자신이 한심하게 여겨졌다. 자신이 얼마나 나약했는지 마키코는 알고 있었다.

'와타루, 용서해 줘. 누나가 나빴어.'

마키코는 젓가락을 놓고 아버지의 서재로 갔다. 아버지는 책상에 앉아 무언가를 열심히 읽고 있었다.

"아빠, 와타루가 어디로 갔을까요?"

아버지는 안경 너머로 마키코에게 차가운 눈빛을 흘끗 보내더니 엄한 목소리로 말했다.

"그러는 너야말로 지금까지 어디서 뭘 했어?"

마키코는 가슴이 쿵 내려앉았다. 아버지는 한마디도 하지 못하는 마키코를 죄인처럼 윽박지르기 시작했다. 아버지의 꾸짖는 목소리가 한층 더 커졌다.

"마키코, 너는 나이도 먹을 만큼 먹은 여자애가 엄마 잃은 이 불행한 가정에서 어떻게 살아야겠다는 각오 같은 것이 없어? 엄마가 돌아가실 때, 너희 둘을 얼마나 걱정하셨는지 알기나 해?"

마키코는 입을 꾹 다물었다.

"왜 입 다물고 있어? 어디 네가 하고 싶은 말이 있으면 해 봐."

아버지의 목소리는 성이 나 있었지만 슬픈 울림도 깃들어 있었다.

"……저는요, 너무 외로웠어요……. 이도저도 전부 다."

"그래? 외롭다, 그래서 어쩌겠다는 거냐. 집안의 기둥이던 엄마가 돌아가셨다. 외로운 건 너뿐만이 아니야. 나도, 와타루도, 아무튼 그중에서 제일 가여운 건 와타루다. 그 작은 아이를 집에서 돌봐 줘야 할 거 아니냐. 특히 와타루는 우리 집의 소중한 외아들이다. 누나인 네가 희생적으로 그 애를 위해서 애써 줘야지."

마키코는 반항심으로 가슴이 끓어오를 듯했다. 말 잘 듣는 아이가 되자고 다짐하면서도, 한편으로는 전혀 그러고 싶지 않은 성격을 지닌 슬픔이여. 외로움을 잘 타는 아이로 태어났으니 용서해 줘, 엄마——. 어느새 마키코의 눈썹은 눈물로 젖어 들었다. 하지만 지금만큼은 동생을 위해 참자고 생각했다.

"와타루는 어떻게 된 걸까요? 이렇게 늦은 시간까지. 어디 간다고 말도 안 했어요?"

"나는 모른다. 다만 그 녀석이 남자아이 주제에 눈만 뜨면 피아노를 쳐 대니까 혼을 냈을 뿐이야. 그리고 더 이상 피아노를 칠 수 없도록 피아노에 열쇠를 걸어 잠갔다."

"세상에, 아빠……."

마키코는 정신이 번쩍 들었다. 엄마가 돌아가신 뒤 외로운 집에서 누나인 자신이 감싸 주지 않고 버려둔 어린 동생에게 좋아하는 악기 앞에서 건반을 두드리며 들었던 음색이야말로 마지막 남은 단 하나의 위로였을 텐데, 그것마저 빼앗겼을 때 동생은 얼마나 슬펐을까——. 그 생각을 하자 마키코는 눈물이 펑펑 쏟아졌다.

'다 내 탓이야…….'

마키코는 애달프게 아버지에게 애원했다.

"아빠, 찾으러 가요. 무슨 일이라도 생긴 거면 어떻게 해요."

마키코는 아버지에게 기대지 않으려고 애를 쓰며 몸을 떨었다.

"정말로 아직 집에 안 온 거냐. 멍청한 놈, 어째서……."

아버지도 애가 타는 듯 의자에서 일어났다.

"도대체 어디로 간 건지 짚이는 데 없어? 찾아본다면 경찰서에 가서 부탁하는 수밖에 없다. 어디 납치라도 당한 건 아니겠지. 내가 린드버그*만큼 유명한 사람은 아니니까."

아버지는 쓴웃음을 지었다. 슬픔과 분노가 치미는 가운데서도 장난칠 여유가 있는 아버지가 마키코는 조금 듬직했다. 그 순간, 평소 가졌던 반항심도 사라지고 아버지라면 의지할 수 있겠다는 기분이 들었다.

그러는 동안에도 시간은 흘렀고, 남동생은 아직 돌아오지 않았다. 돌아오지 않는 동생, 동생아, 아빠도 누나도, 이렇게 너를 걱정하며 괴로워하고 있어, 동생아, 어서 돌아와, 사랑스러운 동생아, 이 도시 한복판에서 밤이 되도록 집에 오지 않고 어디를 헤매고 있니? 엄마, 와타루를 지켜 주세요. 이렇게 기도하며 마키코는 아버지 옆에서 울고 있었다.

"마키코……."

아버지는 딸의 이름을 부르며 어깨에 손을 얹고 검은 머리칼을 쓰다듬었다.

"걱정하지 않아도 된다. 내가 너희 둘 곁에 있어. 어머니 몫까지 두 사람 분의 사랑을 너희에게 주었어야 했는데. 오늘도 피아노를 열쇠로 잠가 버린 건 내가 너무 심했구나."

아버지의 음성이 그 어느 때보다 가슴에 스며들어 외로운 기분이 들었다. 생각해 보면 아버지도 외로웠던 게 아닐까. 아버지라 불리고 자식이라 불리는 끊을 수 없는 인연──, 그 뜨거운 애정이 부드럽고 평온하게 가을날 햇살처럼 아스라이 마키코를 감싸 안았다. 마키코는 아버지에게 기대 말없이 눈을 내리뜨며, 아버지의 책상 위에 놓여 있는 작은 액자를 보았다. 거기엔 가을밤 불빛 아래 그윽하게 웃고 있는 생전의 상냥했던 어머니의 모습이 있었다. 어머니는 말했다. '아이들은 뭐든 자기가 생각한 대로, 자기가 좋아하는 길로 나아가게 하는 게 좋다고 생각해.' 그 마음을 끝까지 밀어붙이지 못하고 세상을 떠난 어머니. 그 마음을 지금 아버지에게 전하는 것이 자신의 역할이다. 마키코는 용기를 냈다.

"아빠, 엄마가 돌아가시기 전에 저한테 이런 말씀을 하셨어요. 아이들은 뭐든 자기가 좋아하는 길로 나아가게 해 주고 싶다고. 엄마는 와타루가 음악에 소질이 있다면 그걸 소중히 키워 주고 싶다고 즐겁게 말씀하셨어요. 아빠 부탁이에요. 제발 와타루가 피아노를 배울 수 있게 해 주세요. 저를 위한 피아노인데 저보다 와타루가 훨씬 더 잘 쳐요. 역시 음악에 재능이 있는 거예요."

"그럴까……. 그저 반쯤 재미로 치는 게 아니고?"

"아니에요, 저는 어떤 곡을 치려면 아주 열심히 연습해야 하는데, 와타루는……, 아무튼 천재일지도 몰라요."

"아하하, 천재라니 허풍이 심하구나."

그렇게 말하는 아버지의 기분은 그리 나빠 보이지 않았다.

"아빠, 이제 피아노에 열쇠 같은 거 채우지 마세요."

"알았다. 하지만 말이다, 같은 천재라면 그 아버지의 그 자식다운 천재가 된다면 얼마나 좋겠니."

"와타루는 분명 엄마를 닮은 거예요."

"아하하, 너는 어느새 유전학을 연구했나 보구나."

아버지는 기분이 좋아 보였다. 아버지와 딸이 툭 터놓고 이야기를 나누는 것은 드문 일이었다. 와타루가 돌아오지 않았다는 걱정마저 잠시 잊을 만큼 아버지와 딸의 소통은 즐거웠다.

"그럼 마키코 넌, 아빠랑 엄마 중에 누구를 닮았을까?"

아버지는 놀리듯 말했다.

"둘 다 조금씩."

마키코가 웃었다.

"그렇구나. 그럼 아빠의 좋은 부분과 엄마의 좋은 부분을 조금씩 닮아다오, 마키코."

"응, 그럴게요."

"하하하."

아버지는 웃다가 이렇게 화목한 때에 와타루가 있었으면 얼마나 좋았을까 싶었는지 "그나저나 와타루는 어떻게 된 걸까" 하고 불안한 얼굴로 마키코를 쳐다보았다.

"정말, 와타루, 괜찮을까요?"

그 생각이 들자 마키코는 안절부절못하는 마음이 되었다.

"어린애도 아니고 집을 못 찾을 리는 없다."

그렇게 말하는 아버지도 내심 불안해 보이는 게 아닌가. 마키코는 동생이 무사히 돌아오기를 애타게 빌었다. 그때였다. 소란스레 복도를 달려오는 하녀의 발소리가 들렸다.

"방금 도련님이 돌아오셨습니다."

하녀는 숨이 턱에 차는 듯이 말했다.

"어머, 다행이다. 아빠!"

마키코는 그 순간 중심을 잃고 쓰러질 만큼 안심했다. 아버지와 함께 동생을 맞으러 복도를 달려가며 마키코는 "대체 혼자 어디를 다녀왔대?" 하고 하녀에게 물었다. 하녀는 머뭇머뭇하며 말했다.

"혼자가 아니라 남매 세 분이 같이 오셨어요."

"어머, 그래? 누가 데려다 주셨을까? 다치기라도 했나?"

마키코가 깜짝 놀라 물었다.

"아, 그게. 자동차에 살짝 부딪혔다고 합니다."

그 소리에 더 놀라 허둥지둥 현관으로 나가 보니 와타루가 달려들었다.

"누나!"

"와타루! 무사했구나. 아빠랑 누나랑 얼마나 걱정을 했는데……."

마키코는 울지 않으려 꾹 참으며 와타루를 껴안았다.

"있잖아, 내가 자동차에 치어 쓰러졌어. 하지만 다행이야, 금방 일어나서. 다른 집 누나랑 동생들이 나를 데려다줬어."

와타루는 귀엽게 말하고는 뒤를 돌아보았다. 문밖에는 안으로 들어오지도 못하고 서 있는 남매가 있었다.

"어머, 가즈에."

놀란 마키코가 슬리퍼를 신고 현관 밖 계단을 달려왔다.

"아, 마키코. 네 동생이었구나. 전혀 몰랐어. 귀여운 남자아이가 혼자 밤길을 걷고 있다가 자동차에 치여서 크게 다칠 뻔했잖아. 큰 상처는 없는 것 같지만 걱정이 되어서 데려다주려고……."

"오, 누구죠? 고마워요. 잠시 들어와요. 자, 이리로——."

아버지도 마키코 뒤에서 말을 걸었다.

"아빠, 와타루를 데려와 준 사람은 우리 학교 친구 가즈에와 동생들이에요."

"오, 그렇구나! 그럼 더욱더 들어와요. 감사 인사도 하고 싶으니. 와타루를 위해서 이렇게 늦은 시간까지 와 주었으니 집으로 데려다줄게요."

"가즈에는 요쓰야에 살아요. 차로 데려다줘요, 아빠."

"그래, 요쓰야구나. 그럼 꽤 멀다. 지금 차를 부를 테니, 그동안 들어와서 어떻게 된 일인지 들려주지 않겠어요?"

"그래, 어서 들어와."

마키코도 가즈에의 손을 꼭 잡고 집 안으로 초대했다.

"그런데 어떻게 와타루를 만났어요? 와타루가 어디서 차에 치었나요?"

"저기, 고마고메 종점역 근처에서……, 오늘 모형 비행기 대회가 있었거든요. 남동생이 거기 출전을 해서 우리 다 같이 가게 되었습니다."

"호오, 구경하러 말이죠. 모형 비행기를 꽤 좋아하나 보네요."

"아빠, 그게 아니야. 여기 있는 미쓰오 군이 비행기를 출품했어. 그래서 누나하고 유키에가 응원을 간 거고."

와타루는 어리광을 부리며 아버지 앞에 친근하게 남매를 소개했다.

"미쓰오가 만든 비행기, 진짜 멋있었어. 그치, 유키에? 아까 그 낙하산 좀 보여 줘. 이것 봐, 아빠. 이 낙하산이 팍 하고 펼쳐

지면서 큐피 인형이 팔랑팔랑 떨어져 내리는 거야. 사람들이 막 박수를 쳤어. 비가 와서 도중에 끝났지만 분명 미쓰오가 일등할 거야. 그렇지? 유키에."

와타루는 신이 나서 눈동자를 반짝이며 말했다.

"응, 분명 우리 오빠가 일등이야."

유키에는 낯도 잘 가리지 않고 조숙한 사교가다운 힘을 발휘했다.

"오우, 그랬군요. 어디 도련님의 비행기와 낙하산을 볼까요――."

박사가 손을 내밀어 미쓰오의 비행기와 낙하산을 집어 들었다.

"아저씨, 그 낙하산은 말이죠, 어제 우리 언니가 만들어 준 거예요. 멋있죠?"

유키에가 다시 수다를 떨었다.

"음, 그래. 이거 정말 훌륭하구나, 하하하하하."

박사가 큐피 인형 등에 달란 귀여운 낙하산을 펼쳐 보이며 웃었다.

"오, 이 비행기는 모형인데도 잘 만들었군요. 앞으로도 멋지게 날 거예요. 나도 비행기에는 관심이 많아요. 내 관심 분야는 커다란 실물 비행기 구조이긴 하지만. 미쓰오 군은 어린 데도 꽤 머리가 좋군요. 이런 일을 좋아합니까?"

박사의 칭찬에 미쓰오는 득의만만해져서 "네. 저는 뭐든 기계와 과학을 아주 좋아합니다. 하지만……" 하고 잠시 뜸을 들였다.

"하지만 뭡니까?"

박사가 신기하게 여기며 되물었다.

"저는 군인이 되지 않으면 안 됩니다."

미쓰오가 대답했다.

"저런, 어째서?"

박사는 느긋해져서 일문일답을 시작했다.

"제 아버지는 군인이었습니다. 하지만 벌써 돌아가셨습니다. 아버지는 제가 훌륭한 군인이 되어서 나라를 위해 살라고 말씀하셨기 때문에……."

"오, 그렇습니까. 하지만 군인이나 과학자나 사회를 위해 봉사한다는 점은 같지요."

박사의 상냥하지만 강한 어조에 미쓰오는 눈을 반짝이며 말했다.

"그렇다면 제가 과학 연구를 해도 돌아가신 아버지 뜻에 반하는 건 아니겠네요."

"나는 그렇다고 생각하는데……. 아이는 자기가 좋아하는 길로 나아가는 것 외에 다른 길이 없으니까요. 사실은 이 아저씨도 이 아이에게……"라고 하며 곁에 있는 와타루를 가리켰다.

"피아노를 치게 하는 것보다 나하고 같은 일을 시키고 싶었지만, 그건 역시 잘못된 거라는 걸 알았습니다. 와타루가 오늘 이런 소동을 일으키고, 당신들 남매에게 배웅을 받으며 집에 오게 된 것도, 사실은 내가 피아노를 열쇠로 잠가 버렸기 때문인 것 같은데……."

박사는 진심으로 그렇게 생각했다.

"와타루, 이제 네가 피아노를 쳐도 아빠가 혼내지 않으실 거야. 기쁘지?"

마키코가 동생에게 말했다.

"정말? 누나, 너무 좋아. 나는 미쓰오가 비행기 만드는 걸 제일 좋아하는 것만큼 피아노 치는 걸 좋아해."

와타루는 춤을 추고 싶을 만큼 기뻤다. 오늘 들었던 슬픈 생각도 완전히 잊은 것처럼 밝아 보였다.

"와타루는 피아노를 마음껏 치렴. 조만간 어디 훌륭한 피아노 선생님을 찾아보자. 그 대신 아빠는 미쓰오 군을 과학 천재로 만들어 보고 싶어졌다. 하하하."

대문 앞에 차가 와 있는 듯했다.

"택시가 온 것 같으니 오늘 밤은 이만 헤어집시다. 마키코, 요쓰야 집까지 데려다주고 가즈에 어머니에게 인사를 드리고 와다오. 그리고 남매들은 앞으로도 우리 집에 놀러 와요. 나도 친구가 되어서 같이 놀게요."

박사는 이렇게 말하며 남매에게 감사의 인사를 하고 차에 태워 보냈다. 마키코도 함께 차를 타고 가서 가즈에의 어머니를 만나 오늘 밤 남동생을 도와준 것에 대해 깊은 감사의 뜻을 전했다.

마키코는 다시 차를 타고 혼자 집으로 돌아가는 길에 생각에 잠겼다.

'아, 나도 가즈에에게 지지 않을 만큼 좋은 누나가 되어야겠다. 내가 마음을 여니 아빠도 저렇게 부드러운 아빠가 되어 주

시고…….'

마키코는 흐르는 눈물을 닦으며 집으로 향했다. 집에서는 아버지와 동생이 여전히 대화를 나누고 있었다. 아버지는 가즈에 남매를 배웅하고 돌아오는 마키코에게 말했다.

"아까 그 남매는 좋은 아이들이구나. 아빠는 부러웠다. 제일 위 누나는 침착하고 마음이 따뜻하더구나. 누나의 사랑이 동생들에게서 잘 느껴졌어. 와타루도 마키코 누나에게 많이 귀여움을 받으렴."

아버지의 말에 마키코는 부끄러웠다. 잘 자라는 인사를 하고 각자 방으로 들어갔지만, 마키코는 어둠 속에서 갖가지 생각이 구름처럼 피어올라 잠이 오지 않았다. 마키코는 잠자리에서 일어나 책상에 앉아 새하얀 편지지를 꺼내 편지를 쓰기 시작했다.

요코에게

갑작스러운 이 편지가 반짝이는 너에게, 화려한 너에게 조금이라도 그늘을 드리우지 않기를 바라. 너는 깜짝 놀랄지도 모르겠어. 도대체 무슨 일이냐며 화를 낼지도 모른다고 생각해. 하지만 나는 네 얼굴을 바로 보고 지금 나의 기분을 제대로 전할 용기도, 자신도 없어.

아름다운 요코, 나는 너를 보고 너와 함께 있으면 그저 너에게 반하고, 너의 매력에 푹 빠져 나를 잊어버려. 너는 마법의 나라에 사는 빛나는 요정이야. 네 나라의 요상함과 아름다움과 즐거움, 아아, 하지만 나는 지금 그런 매혹에 빠지면 안 돼.

사랑에 취해서 나를 잊어서는 안 되기 때문이야. 현실 세상의 역할이 나를 기다리고 있어. 엄마 없는 연약한 남동생의 누나로, 쓸쓸한 아버지의 좋은 딸로, 나는 살아야만 해. 요코, 너의 세상과 나의 세상은 이렇게 다르구나. 우리는 함께할 수 없어. 너의 친구로는 불행의 그림자가 전혀 없는 밝고 아름답고 상냥한 사람이 어울릴 거야——.

안녕, 요코. 이제까지 너와 함께한 우정은 잊지 않을게. 하지만 이젠 나를 네 마법의 고리 밖에 두어 주었으면 해.

마키코

마키코는 몇 번이나 펜을 들었다 놓았다 고민한 끝에, 밤이 깊어서 겨우 다 썼다. 다음 날 아침, 마키코는 봉투에 넣은 편지를 교과서 속에 숨겨 등교했다.

아무것도 모르는 요코가 변함없이 화려한 분위기를 풍기며 너무 좋아하는 마키코에게 다가와 "안녕, 마드므와젤. 사바 비엥?*" 하고 악수하려 했을 때, 마키코는 갑자기 돌처럼 딱딱하게 굳어서 웃지도 않고, 비통한——이라고 해도 좋을 만큼 어두운 표정으로, 요코가 내민 그 손에 하얀 편지 봉투를 말없이 전해 주고는 날아가는 작은 새처럼 자리를 떠나 버렸다.

"어머, 이상하네. 대체 무슨 일일까. 왜 짜증을 내는 거지?"

요코는 이상하다는 듯이 고개를 갸웃거리다가 봉투를 뜯어 편지를 읽기 시작했다.

——요코는 마키코의 글귀를 노려보며 괴로운 표정을 짓다가, 갑자기 새하얀 손으로 그 편지를 갈기갈기 찢고는 둥글게 말아 집어던져 버리고 흥 하고 걸어갔다. 하필이면 그 길 끝에 가즈에와 어깨를 나란히 하고 친근하게 이야기를 나누는 마키코의 모습이 보였다. 요코는 치밀어 오르는 분노에 눈을 치떴다.

그날 이후 요코는 두 번 다시 마키코와 말을 섞지 않았다. 두 사람은 완전히 절교 상태에 들어갔다.

* * *

* *

"그러니까 애초에 둘이 오래 못 갈 거라고 생각했어."

온건파 무리는 이렇게 말하며 다 같이 기뻐했다. 한때 자기들을 버리고 마키코에게 열중했던 자기들의 여왕 요코가 다시 돌아온 것이다. 마키코는 완전히 요코와 헤어져 이번에는 로봇 가즈에와 아주 친한 사이가 되었다. 가즈에는 남동생과 함께 일요일마다 마키코의 집에 놀러가는 듯했다.

"이상한 변화도 다 있다. 이건 분명 태양의 흑점 탓이야."

그런 소문이 나돌 정도였다.

그리고 그해 2학기가 끝나 갈 무렵, 시험 전부터 요코의 화려하고 아름다운 모습이 학교에서 완전히 보이지 않게 되었다. 그 반의 한 송이 꽃이 완전히 모습을 감추고 만 것이다. 그 원인은—— 감기가 기관지염으로 옮아가는 바람에 요코가 한동안 병원에 입원해야 했기 때문이다.

새해가 밝아 봄방학이 끝나고 수업이 시작되었지만, 요코는 여전히 학교를 쉬고 있었다. 퇴원 후 요양을 위해 쇼난에 있는 바닷가로 갔고, 당분간은 학교에 다닐 수 없다고 했다.

사람의 마음은 간사한 것이라 한동안 요코가 눈앞에 보이지 않으니 아부를 떨 필요도 없어서, 빠른 쾌차를 바란다는 엽서조차 쓰지 않는 온건파 친구들도 있었다. 또 개중에는 병문안을 가서 위로해 주고 나중에 더 신뢰를 얻자 싶어서 재빨리 병문안을 가겠다는 말을 꺼내는 녀석들도 있었지만, 아주 냉담한 답장이 돌아올 뿐이었다.

——그즈음 어느 아침에, 가즈에가 무슨 일이 있는 듯이 마키코를 교정 구석 히말라야삼나무 아래로 불렀다.

"어제 발신인 불명의 편지를 받았어. 너에게도 보여 줄게."

그러면서 한 통의 편지를 건넸다. 밝은 하늘색 봉투로 뒤에는 정말로 보내는 사람 이름이 쓰여 있지 않았다. 안에 들어 있는 편지지를 꺼내니 그것도 봉투와 같은 색이었다. 네 번 접힌 그 편지를 펼쳤을 때, 은은하고 그리운 향기가 마키코의 뺨을 스치듯 희미하게 풍겼다——.

'아, 이 냄새는.'

마키코는 기억하고 있었다. 그것은——, 언젠가 요코의 저택에서 열린 생일 파티에 초대받았을 때, 요코가 알려 준 물망초 향수 냄새였다.

그 향기에 젖은 편지 위에는, 가는 펜글씨로 글이 쓰여 있었다——.

사에키 가즈에 님

그토록 멀리 있던 당신인데, 저는 요즘 그런 당신을 떠올리는 나날이 많습니다.

어째서인지——이유는 저도 모르겠습니다, 저와 당신의 세계는 아무런 관계도 없는 두 개의 세계였는데——당신의 세계에 사는 그 사람의 어렴풋한 그림자가 제 영혼에 향수를 불러일으킨 탓일까요. 가즈에 님, 저는 모르겠습니다——제 몸은 곧 나을 것입니다. 하지만 저의 영혼은 고향을 잃어버린 방랑자와 같이 쓸쓸히 방황하고 있습니다.

가즈에 님, 저는 당신이 부럽습니다. 지금 제게는 당신이 세상에서 가장 행복한 사람 같습니다. 저는 잘못된 방법으로 그 사람을 얻으려 했습니다. 교만한 생각에 빠져 있던 저를 병마가 일깨워 주었습니다. 제 교만함과 허영심, 그 밖의 다른 많은 것들의 껍질을 깨 버렸다는 것이 얼마나 감사한지 모르겠습니다.

이도저도 다 버린 저는 이제 허망함과 후련함을 함께 느끼고 있습니다.

가즈에 님, 저는 당신이 부럽다고 말씀드렸지요. 저는 차라리 당신을 질투한다고 하겠습니다. 하지만 동시에 저는 당신이 가장 믿음직한 친구, 그리운 길동무 같습니다. 그분이 당신을 사랑하고, 당신이 그분을 사랑하는 한——.

아아, 가즈에 님, 저도 당신에게 어울리는 사람이 되고 싶습니다.

당신이 저를 좀 도와주시지 않겠습니까.

편지는 여기서 뚝 끊겨 있었다. 그 글을 읽어 내려가는 동안 마키코는 자기도 모르게 눈물을 흘렸다. 그리고 옆에서 함께 눈물을 흘리는 가즈에——. 두 사람은 그 편지를 가운데 두고 눈물에 젖어 서로를 바라보았다. 한동안 아무 말도 하지 않았다.

* * *

* *

겨울 바닷가의 적막함이여——. 다가왔다가 멀어지는 파도의 물보라, 모래사장에 노랗게 햇빛이 드리워, 흩어지는 조개껍데기가 하얗게 반짝반짝 깨알 같은 별처럼 빛났다. 그 주변에 끌어올려진 어선에서 크고 검은 망이 펼쳐져 말라 가고 있었다. 바닷가 별장의 문은 대부분 외롭게 닫혀서, 솔숲에서 불어오는 바람 소리만 또렷했다. 그 겨울 바닷가 아침——, 아름다운 아이가 병마에 쓰러져 마른 모습으로 부드럽게 모래사장을 걷고 있었다. 다름 아닌 요코였다. 드물게도 기모노를 입고, 양쪽 소매가 바닷바람으로 하늘거리고 있는 이 아름다운 아이는 친구도, 말할 사람도 없이 바닷가에서 홀로 병을 앓고 있었다. 일찍이 반에서 공작처럼 화려하게 여왕의 나날을 보내던 시절이 먼 옛날 꿈처럼 사라지고, 지금은 작은 파도 소리에도 눈물을 글썽이는 감수성 강한 소녀였다. 아름다운 눈동자는, 그만큼 더욱 검게 윤기를 띠며 맑고 아름답게 빛났다.

소녀는 끝없는 수평선 너머 먼 곳을 바라보며, 무슨 생각을 하는지 쓸쓸히 걷고 있었다.

"요코!"

어디에선가 자신의 이름을 그리운 듯 부르는 소리에 돌아보니, 가까운 언덕 그늘에서 코트의 깃을 세우고 웃으며 달려오는 사람이 보였다. 마키코였다. 그녀의 손에는 온실에서 키운 여러 색깔의 꽃다발이 소중히 들려 있었다——.

"어머."

그 모습에 발걸음이 멈춰선 요코의 뺨에는 발그레한 혈기가 돌고 심장이 쿵쾅쿵쾅 뛰었다——.

"병문안 왔어. 이 꽃은 가즈에가 전해 달래. 오는 대신 선물이라면서."

마키코는 요코의 가슴에 꽃다발을 안겨 주고 어깨에 손을 둘렀다.

"빨리 건강해져. 그리고 우리 셋이서 사이좋게——."

말하다 말고 마키코는 문득 눈물이 고여 요코의 어깨에 얼굴을 묻었다. 말보다 빨리 기쁨의 눈물이 흘러내린 요코의 검은 머리칼과 옷깃에서는 은은한 향기가 풍겼다. 아아, 그리운, 물망초 향수 냄새여——. 하지만 지금 이 냄새는 마키코로 하여금 위태로운 죄악과 전율하는 유혹을 느끼게 하지는 않았다. 아니, 이 냄새야말로 앞으로 세 소녀를 묶어 줄 우정의 표식과도 같이, 밝고 깨끗하고 고요하고 그립게 마키코의 가슴에 스며들었다.

——이 이야기는 여기서 끝이 난다…….

주

5 **시냇가 기슭에~잊히어 가네** 독일 시인 빌헬름 아렌트(1864~1913)의 「물망초」라는 시다. 훗날 일본에서 이 가사로 가곡이 만들어지기도 했다. 메이지 시대 평론가이자 번역가인 우에다 빈(1874~1916)이 서양의 여러 시들을 엮어 옮긴 번역 시집 『해조음(海潮音)』에 실렸다. 1905년에 발행된 이 시집은 보들레르, 베를렌, 단눈치오, 하이네 등 서구의 주목할 만한 시인 29명의 시 57편을 실었으며 뛰어난 번역으로 20세기 초 일본인들에게 사랑받았다.

10 **로즈 파리** 1931년에 다카라즈카 소녀 가극단이 상연한 레뷰 「로즈 파리」에 삽입된 노래 일부로 앞선 수학의 노래도 이 레뷰에 나오는 노래다. 레뷰는 당시 유럽에서 인기를 끌던 뮤지컬 형식의 공연이었다.

다카라즈카 소녀들로 이루어진 가극단으로 모던 문화를 대표하는 무대 예술을 선보였다. 효고현 다카라즈카시에 1913년 개교한 다카라즈카 음악무용학교는 소녀 배우들을 양성해 여성이 남녀 역할을 모두 맡는 공연을 펼쳐 큰 호응을 얻었으며 오늘날까지 이어지고 있다.

11 **고등여학교** 오늘날 여자 중학교에 해당한다. 5년제로 3학년인 세

주인공은 열네 살 정도이다.

11 **레뷰** 연극에 춤과 노래를 접목시킨 공연으로 당시 파리를 중심으로 유럽에서 각광받았다. 일본에서는 1927년 다카라즈카가 최초로 상연하였다. 〈몬 파리〉라는 레뷰로 극작가가 서구권을 유람하며 보고 들은 것을 소재로 한 내용이었다. 이후 이국적인 예술을 향유할 수 있다는 데서 근대 소녀들의 열광적인 지지를 얻었다.

히토미 기누에 1928년 암스테르담 올림픽에 출전해 일본 여성 최초로 메달리스트(은메달)가 된 국민적인 스타.

데이코쿠극장이나 호가쿠자 데이코쿠극장은 제작사 도호[東宝]가, 호가쿠자는 쇼치[松竹]가 운영하는 극장으로 영화, 연극, 콘서트 등을 관람할 수 있는 도쿄 긴자의 당대 문화 중심지였다.

12 **나는 나, 양귀비는 양귀비** 당시 관용구로 나에게는 나의 삶과 철학이 있고 타인에게는 타인의 것이 있으므로 서로 비교하여 스스로를 깎아내리거나 질투할 필요가 없다는 뜻.

코티 프랑스의 유명 향수 제조업자 프랑수와 코티가 설립한 화장품 브랜드로 당시 고가의 수입품이었다.

30 **쇼치쿠악극부** 다카라즈카 소녀 가극단의 인기에 자극을 받아 1928년에 제작사 쇼치쿠가 결성한 여성 가극단. 후발 주자지만 도쿄를 거점으로 한 쇼치쿠는 간사이의 다카라즈카에 맞선다는 취지를 갖고 있었다. 다카라즈카가 청순함을 모토로 귀족적인 공연을 펼쳤다면, 쇼치쿠악극부는 농염한 여성미로 대중적인 묘미를 내세웠다.

34 **프롬나드 포지션** 남녀가 두손을 교차하여 잡고 전진하는 포크댄스의 기본 스텝.

35 **텔레지나** 탱고나 플라멩코와 같이 격정적인 스페인 춤을 추는 세계적인 댄서로 작은 체구에 검은 머리칼을 한 스타였다. 1932년에 일본을 방문하여 도쿄극장에서 공연했다.

37 **고형 연료에 불을 붙였다** 당시에는 전기 고데가 나오기 전이었기에 고

형 연료를 이용해 기구를 뜨겁게 달군 다음 머리칼에 웨이브를 만들어 넣었다.

38 **나라 미야코** 다카라즈카의 첫 레뷰인 〈몬 파리〉의 남자 주인공 역을 맡은 배우. 공연이 큰 성공을 거두면서 이 시기 다카라즈카 남자 주인공의 상징적인 존재가 되었다.

128 **사이조 선생** 시인 사이조 야소. 동요와 유행가의 작사가로 이름을 알렸다. 귀여우면서도 서정적이고 모던한 작풍으로 여성들에게 사랑받았다.

139 **브뤼넷** 피부색이 갈색인 여자를 뜻하는 프랑스어.

울 조젯 품질 좋은 양털 섬유를 꼬아 만든 실로 날실과 씨실의 결을 살린 표면이 부드러우면서도 도톰한 직물.

크레이프 드 신 프랑스어로 중국의 크레이프(cre'pe de Chine)라는 뜻으로 요철이 있는 중국 비단을 프랑스에서 모방해 만든 고급 원단. 크레이프는 오글오글한 잔주름이 잡힌 직물의 통칭이다.

140 **케이프** 어깨가 덮이는 소매 없는 망토식 겉옷.

149 **빨간 오토바이** 1936년까지는 일본 교통경찰의 오토바이가 빨간색이었다. 오늘날은 흰색으로 바뀌었다.

158 **융커스** 독일의 항공기 회사로 1895년 휴고 융커스가 설립한 보일러 및 엔지 제조사가 1915년 단엽 비행기를 개발하면서 군용기를 납품했다.

159 **큐피 인형** 1903년 미국에서 큐피트를 모티프로 만든 캐릭터로 1922년 일본의 식품회사 큐피가 이 마스코트로 마요네즈 등을 생산하였고 이후 가볍고 유연한 재질의 셀룰로이드 큐피 인형이 유행하였다.

166 **린드버그** 미국에서 최초로 대서양 무착륙 단독 비행에 성공해 국민적 영웅이 된 비행사. 그 유명세 탓에 1932년 두 살 난 아들이 유괴되어 사망하는 사건이 있었다.

176 **사바 비엥** 프랑스어로 잘 지냈느냐는 뜻.

해설

여자아이들의 세계가 온다

정수윤(번역가)

한 시대를 풍미하는 작가는 그 시대의 요구에 따라 태어난다. 시대가 작품을 불러내는 것이라고 봐도 무방하리라. 독자들은 늘 이런 소설을 갈구한다. 시대의 낡은 사상에 저항하고, 시대의 부조리에 몸서리치며, 어떻게든 시대의 추악한 면을 들추어내 조금이라도 나은 방향으로, 조금이라도 인간다운 지점으로 나아가게 만드는 소설. 그런 힘 있는 작품을 우리 모두가 원하고 기다린다. 미덥지 못한 현실 세계의 돌파구가 되는 소설을 갈망한다. 이것은 이야기가 생겨난 이래, 이야기가 존재하는 가장 큰 이유 가운데 하나다.

지난 세기 초, 일본 여성들의 정신세계를 뒤흔들어 놓았던 요시야 노부코[吉屋信子, 1896~1973]의 등장도 그 시대의 요구, 사회 절반을 차지하는 여성의 요구에서 비롯되었다. 1920~1930

년대에 여자아이와 여성 독자로부터 폭발적인 지지를 얻은 작가 요시야 노부코의 글쓰기는 이런 고민에서 시작되었다. 여자아이는 어째서 학문을 계속할 필요가 없을까. 여자는 자신이 원하는 일을 한평생 해 나갈 수 없을까. 여성의 자아실현과 결혼은 양립할 수 없나. 아니 그전에, 여자의 인생에서 결혼이라는 선택지 외에 다른 길은 정말로 없는 것인가. 여성에게 재산권과 선거권조차 없던 당시에 비하면 많은 것이 나아졌지만, 지금도 일반적으로 여성은 양육의 주체이며 출산 이후 경력 단절은 비일비재하다. 요시야 노부코의 소설이 생명력을 잃지 않는 이유는 거기 있는지도 모른다. 작가와 같은 고민을 가진 독자들이 여전히 존재한다는 것.

1920년에 자비 출판한 요시야 노부코의 자전적 장편소설 『다락방의 두 처녀[屋根裏の二処女]』에서 여학생 기숙사를 떠나 어른의 문턱에 선 두 친구는 이런 대화를 나눈다. "나는……, 나는 이제 갈 곳이 없어……." "……나는 아무런 목적 없이 살아가고 있어……." "나도…… 마찬가지야. 나의 이번 생애에는 목적이 없어." "……너도 인생에서 뚜렷한 목적이 없고, ──나도 목적이 없으니── 목적 없는 외롭고 연약한 우리는 우리대로, 같이 살아가기로 하자."[1]

여성의 독립적인 사회 진출이 거의 불가능하고 결혼 말고는 인생의 별다른 선택권이 없었던, 여학교의 교육 방침이 현모양

1 『吉屋信子乙女小説コレクション 2 - 屋根裏の二処女』, 国書刊行会, 2003

처의 육성에 머물렀던 시대에 요시야 노부코의 작품 속 여성들은 전에는 없었던 새로운 길을 제시했다. 작품 속에서는 여성도 주체적으로 자기 삶을 설계할 수 있고, 각자의 길을 다양하게 선택할 수 있었다. 근대 국가의 형성 이후 이토록 신선하고 자유로운 여성상은 없었다. 여성이 주체적으로 인생을 개척해 나가는 소설이 신문과 잡지에 연재되는 것만으로도 여성 독자들은 해방감을 느꼈다. 요시야 노부코의 소녀 소설, 가정 소설은 날개 돋친 듯 팔려 나갔다. 비틀어 막아 둔 여성의 에너지가 터져 나오는 듯했다. 누구나 자유롭게 자신이 원하는 것을 선택할 수 있다. 심지어 아무런 목적이 없어도 상관없다. '우리는 우리대로' 살면 되는 것이다. 그 사실을 소리 내 말하는 것만으로도 놀라운 청량감이 있었다. 당시로서는 선구적인 생각이었다.

여자아이 요시야 노부코의 꿈

요시야 노부코는 1896년 1월 12일 니가타 시내에 있는 현청 관사에서 태어났다. 메이지 29년의 일이다. 첫 근대 여성 소설가로 불리는 히구치 이치요가 유곽 소년과 소녀의 사랑을 그린 『키 재기』 연재를 마치고 빨리도 세상을 떠난 해이기도 하다. 이치요에게서 바통을 이어받듯 태어난 노부코는 오빠들의 서가에서 독서를 즐기며 소설가를 꿈꾸었다. 위로 네 명의 오빠가 있었고 이후 남동생 둘이 더 태어났다. 아들 많은 집의 외동

딸이었던 노부코는 귀여움을 받으며 자랐지만 가슴속에 채워지지 않는 무언가를 느꼈다. 무사였던 아버지 유이치는 근대 국가가 들어서자 관리로 변모하여 일가는 큰 위기 없이 살아갈 수 있었으나 개성 강한 노부코의 꿈을 이해해 줄 만큼 개방적인 사람은 아니었다. 어머니 마사 역시 무가의 장녀로 태어나 자신이 받은 남존여비 사상을 아이들에게 그대로 답습한 사람이었다. 여자는 결혼해서 가정을 꾸려야 했다. 여학교에 다니는 것도 좋은 아내, 좋은 어머니가 되기 위해서였다. 부모가 노부코에게 기대하는 것은 그 이상도 이하도 아니었다.

1908년, 열두 살이 된 노부코는 도치기고등여학교에 입학한다. 고등여학교는 오늘날 여자 중학교에 해당하는 곳이다. 메이지 시대 들어 서양에서 들여온 학교 제도가 확립되고 이후 여성의 국민화가 요구되면서 전국에 고등여학교령이 선포된 것이 1899년이다. 본래 1872년 공표된 학제에서는 남녀 공학이 제시되었지만 이후 남녀 교육을 구별해야 한다는 주장이 높아졌다. 이유는 여자가 육아와 가정을 담당하고 남자가 국가와 사회를 지키는 성별 역할 분업이 근대 국가 형성에 유리하다는 논의 때문이었다. 일본의 근대화는 시초부터 성차별을 제도화하며 다져졌다. 사무라이 시대에도 유교적인 남존여비 사상이 존재했지만 학교에서 사회 전반에 걸쳐 이루어진 메이지 정부의 젠더 규범은 매우 조직적이고 엄격했다. 1879년에 중등 교육부터 남녀를 구분하여 교육해야 한다는 교육령이 발표되었고 이후 고등여학교령이 선포되면서 전국에 고등여학교가 설립되었다.

단기간에 서양을 따라잡아 근대 국가를 설립하겠다는 일본 정부의 의지가 남녀를 구분 짓는 학교 제도를 만들어 낸 것이다.

그럼에도 불구하고 고등여학교 내에서는 소녀들만의 자유로운 문화가 꽃피기 시작한다. 열두 살부터 열여섯, 열일곱 살의 소녀들은 자기들만의 세계에서 지적 호기심에 눈을 떴으며 이러한 흐름에 발맞춰 소녀 잡지가 발간되었다. 대표적인 잡지로 1902년부터 긴코도서적[金港堂書籍]에서 발행한 『소녀계(少女界)』와 1906년부터 하쿠분칸[博文館]에서 발행한 『소녀세계(少女世界)』가 있다. 연극, 소설, 영화, 음악, 미술, 원예 등 소녀들의 각종 문화가 자리 잡으면서 소녀 잡지는 황금기를 맞이한다. 아울러 이 시기 잡지는 독자의 글을 적극적으로 받아들여 투고란이 매우 성행했는데, 소설가를 지망하는 여학생 요시야 노부코에게 소녀 잡지에 시와 짧은 글을 투고하는 일은 중요한 일상이었다. 노부코는 고등여학교에 입학하면서부터 『소녀계』와 『소녀세계』에 꾸준히 투고하였으며 열다섯 살 무렵부터는 소녀 잡지에만 만족할 수 없게 되어 『문장세계(文章世界)』와 『신초(新潮)』 같은 중앙 문예지에 투고를 시작했다. 자신의 글이 활자화되어 미지의 독자들에게 읽힌다는 실감은 노부코에게 다른 무엇과도 바꿀 수 없는 큰 기쁨을 안겨 주었다. 글을 쓰고 있을 때는 누군가의 아내나 어머니가 되는 과정에 놓인 인간이 아닌, 오직 자기 자신으로 있을 수 있었다.

그즈음 고등여학교 교육의 목표는 매우 확고하게 현모양처의 육성에 있었다. 당시 문부성 대신은 '고등여학교 교육은 생도들이 미래에 중등 계급 이상의 가정에 시집을 가서 현모양처가 될 소양을 기르게 하기 위함이다. 따라서 우미고상의 기풍과 온량 정절의 자질을 수양하여 중산 계급 이상의 생활에 필수적인 학술 기예의 지식을 얻도록 한다(『교육시론』, 1899)'는 뜻을 밝혔다. 이러한 젠더 규범은 고등여학교 교과서에도 그대로 나타났다. 윤리 과목에 해당하는 수신(修身) 교과서에 '여자는 일생을 바쳐 남편에게 봉사하는 것만큼 중요한 일이 없으며, 여자의 일생에서 남편에게 믿음을 얻는 것만큼 큰 행복은 없다(『중등여자수신서 3권』, 1901)'는 내용이나 '아내 된 자는 지극한 사랑으로 남편에게 봉사해야 하며 남편을 위해서라면 어떠한 어려움도 각오해야만 한다. 이는 곧 정절이 아내의 가장 큰 미덕임을 뜻한다(『고등여학교수신교과서 3권』, 1906)'는 내용이 실려 있었다.

고등여학교 교실에 앉아 수업을 듣는 노부코는 고개를 갸웃했을 것이다. 어릴 적 읽은 소설 속에는 다양한 인간 군상과 세상을 바라보는 갖가지 시선이 있었다. 여학생의 세계관과 상상력을 납작하게 찌부러뜨려 현모양처로 찍어 내는 것이 과연 옳은 일일까? 성정이 올곧고 대찼던 소녀 노부코는 일방적인 학교 교육에 의심을 품었다. 여성으로서 자신이 어떻게 살아가야 할 것인가에 대한 고민이 시작되었다. 훗날 노부코는 그 시절 고등여학교에 강연을 온 사상가 이토베 이나조 박사의 말이 인생에서 어둠을 밝히는 등불이 되었다고 고백했다. "현모양처가 되기 전에 한 사람의 좋은 인간이 되어라." 당연하고 단순한 말이지만 '한 사람의 좋은 인간'이 되기란 남과 여를 떠나 얼마나 어려운가. 살면서 수많은 선택의 순간이 쌓여 인간을 좋은 쪽 혹은 나쁜 쪽으로 데려가겠지만 아직 아이인 동안에는 그 기준이 명확하지 않다. 다만 노부코는 학교와 사회가 말하는 쪽이 꼭 '좋은 인간'이 되는 길은 아니라는 사실을 깨달았던 것이다.

그렇게 16세에 고등여학교를 졸업한 노부코는 인생의 기로에 섰다. 그녀는 문학 공부를 위해 더 진학하고 싶었지만 부모님의 반대에 부딪혔다. 아버지는 아들이라면 몰라도 딸은 더 공부하지 않아도 된다고 주장했고, 어머니는 여자가 혼인 전에 배워야 할 재봉이니 다도 같은 것들을 가르치려 들었다. 아버지는 졸업 선물로 노부코를 긴자로 데리고 가 혼례 때 착용하는 고급 기모노 허리띠를 사 주었다. 그녀와 식구들은 인생을 바라보는 관점이 서로 완전히 어긋나 있었다. 노부코는 고집스러웠다. 이대로 꿈을 포기할 수는 없었다. 그녀는 도쿄제국대학에 다니는 셋째 오빠 다다아키를 쫓아 도망치듯 부모님을 떠나 도쿄로 갔다. 오빠네 하숙집에 얹혀살면서 문예지에 투고하고, 어학교에서 영어를 배우고, 독서 모임에 참가하고, 여성 문학자들을 만났다. 그때 만난 사람이 시인이자 소설가로 활동하던 여성 문인 오카모토 가노코[岡本かの子, 1889~1939]였다.

무명의 노부코를 대하는 그녀는 놀랍도록 눈을 반짝이며 문예지에 투고한 글들을 오래전부터 애독하고 있다고 말했다. 수년째 투고 생활을 해 오며 아무도 자기 이름을 모를 거라고 생각했던 노부코는 현역 작가의 열렬한 응원에 온몸이 떨려올 만큼 기뻤다. 그때 그녀는 '그래, 무슨 일이 있어도 소설가가 되자!'라고 결심했다. 의지할 곳 없이 자기 자신에 대한 믿음 하나로 글을 써 오던 젊은 노부코에게 기성 작가의 응원은 작은 불씨를 타오르게 하는 연료와도 같았으리라. 사실 노부코도 두려웠다. 될지 안 될지 알 수 없는 일에 인생을 건다는 것이 불안했다. 이대로 문예지에 투고만 하다가 만년 투고자로 끝나는 게 아닐까 하는 고민도 했다. 그러나 아무것도 아닌 이름이라고 생각했던 자신의 가치가 갑자기 빛을 발하는 순간, 그 환희는 한 사람의 정신을 완전히 일깨우기도 한다. 노부코는 의심을 접고 원고지로 달려들었다.

소녀들의 바이블 〈꽃 이야기〉

스무 살이 된 노부코에게 드디어 하나의 사건이 발생한다. 아무도 예상하지 못했고 작가 자신도 그 파장을 알지 못한 작품이었다. 요시야 노부코의 이름을 백 년 후 독자들에게까지 각인시킨 연작 소설 〈꽃 이야기〉가 출간된 것이다. 지금도 장르소설에서 여성 동성애물이나 여성끼리의 사랑에 가까운 우정을 다룬 작품을 '백합'이라 부르는 경우가 많은데 〈꽃 이야기〉는 이 백합물의 시초 격으로 불린다. 아울러 소녀들의 카리스마를 다룬 이 작품은 서사적으로 일본 소녀 만화의 원류로 알려져 있다.

〈꽃 이야기〉는 여자아이, 여학생, 여성 기숙사 동거인 등 당대 일본 사회를 무대로 각양각색의 삶을 살아가는 소녀들을 다루었다. 꽃 이름을 제목으로 한 52편의 연작 단편 가운데 남자 주인공은 단 한 명도 등장하지 않는다. 당시 주류 문단 소설에서는 여성이 남성의 조연 역할에 그치고 있었다는 것을 상기하면 의미 있는 일이다. 〈꽃 이야기〉에는 남성이 아예 존재하지 않는 에피소드가 많고 종종 조연으로 등장하는 남성은 연약한 노인이거나 소년이었다. 가끔 등장하는 이들은 여성들끼리의 유대감 속에 동화되지 못하는 외부인이었다. 예를 들면 「흰 부용꽃」의 한 소절에는 귀족 가문의 어린 도련님이 장난삼아 공기총으로 부용꽃 속에 앉은 할미새를 쏘려 할 때, 그 저택에서 장학생 개념으로 살고 있는 소리꾼의 딸 아키코가 외친다. "안 돼요, 나의 정원에 찾아온 손님을 쏴서는……." 곁에 있던 가정교사가 모처럼 도련님의 놀이를 방해하지 말고 조용히 하라고 핀잔을 주지만, "누구든지 상관없습니다. 우리 집 정원을 찾아온 귀여운 손님을 쏴서는 안 됩니다"[2] 하고 말한다.

〈꽃 이야기〉의 주요한 테마는 소녀들 사이에 싹트는 미묘한 사랑의 감정이다. 여자아이들은 남자가 끼어들 여지가 없는 세계에서 서로 우정을 나누기도 하고 사랑을 하기도 한다. 「수련」에는 식물원에서 그림을 그리는 두 소녀 히토요와 히로코가 등장한다. 전람회에 제출할 수련 그림을 그리는 와중에 둘 사이에

2 『花物語-上』, 河出文庫, 2009

아련한 사랑의 감정이 싹튼다. 특히 히토요는 히로코의 아름다운 모습을 꿈꾸듯 바라보며 얼굴이 붉어진다. 소녀가 소녀에게, 사랑에 빠진 것이다.

당시에는 여자아이끼리의 이런 은밀한 유대관계를 다룬 부류의 작품을 Sister, Sisterhood의 머리글자에서 가져와 'S 소설'이라고 불렀다. 『물망초』 역시 이런 'S 관계'를 다룬 소녀 소설이다. LGBT(성적 소수자) 문학 개념은 아직 존재하지 않던 시절이었다. 노부코의 작풍은 소설의 한 장르로 명명될 정도로 독자들의 강력한 지지를 얻었다. 여성끼리의 소박한 공동체 안에서 여자아이 스스로 세상과 맞서며 자기만의 자아를 형성해 가는 이야기는 당시 가부장적인 세계에 사는 소녀 독자들에게 큰 위로였다. 이 책이 소녀들의 바이블이라 불린 이유다.

〈꽃 이야기〉는 1916년부터 『소녀화보(少女画報)』에 연재되기 시작해 이후 『소녀구락부(少女俱楽部)』로 발표 지면을 옮기며 1924년까지 9년 동안이나 이어졌다. 노부코는 이십 대 내내 이 작품을 완성시켜 온 것이나 마찬가지였다. 단행본은 1920년 라쿠요도[洛陽堂]에서 처음 두 권이, 1924년 코란샤[交蘭社]에서 세 권이 발행되었다. 뒤이어 1937년 잡지 『소녀의 벗[少女の友]』에서 재연재가 이루어졌고, 1939년 실업의일본사[実業之日本社]에서 나카하라 준이치의 일러스트를 넣은 장정으로 새 단행본이 나오면서 다시금 인기를 얻었다. 이때 〈꽃 이야기〉를 읽은 『조제와 호랑이와 물고기들』의 작가 다나베 세이코는 이런 글을 남겼다. "일본이 군국주의로 흘러든 1930년대 후반, 주위

에 가득한 것은 카키색 군복과 구호와 호령이었다. 소녀다운 색채와 감수성은 어디에도 없었다. 그 시절 우리는 〈꽃 이야기〉 삽화로 꽃 이름을 익히고 상상했다. 전쟁 속 소녀들에게 미래는 너무나도 먼 이야기였다. 언제 다시 이런 꽃을 볼 수 있을까. 지상 어딘가에 피어 있기는 할까."[3] 전쟁이 끝난 뒤 1951년 포플러샤[ポプラ社]가 재출간한 데 이어 1985년 국서간행회(国会刊行会)가 실업의일본사 판본을 복간, 이후 2009년 가와데문고[河出文庫]가 상하권을 간행하면서 한 세기를 뛰어넘어 소녀 소설의 고전이 되고 있다.

노부코가 맨 처음 이 작품을 『소녀화보』에 투고했을 때는 그저 짧은 단편 일곱 편으로 이루어진 소박한 연작 소설이었다. 초여름 저녁, 일곱 명의 여자아이가 어느 방에 둥그렇게 둘러앉아 각자 마음에 담고 있는 꽃에 얽힌 이야기를 풀어놓는다. 첫 번째 이야기 「은방울꽃」은 낯선 지방 도시, 긴 역사가 있는 오래된 여학교에서 밤마다 들려오는 피아노 소리의 정체를 추적한다. 궁금증을 야기하는 이야기들은 「달맞이꽃」, 「흰싸리」, 「들국화」, 「애기동백」, 「수선화」, 「이름 모를 꽃」으로 이어진다. 모두 여자아이가 겪거나 전해 들은 이야기로 각각의 꽃과 연관이 있다. 은방울꽃은 피아노, 들국화는 떨어진 손수건에 끼워진 반지, 애기동백은 죽은 언니의 무덤 앞에 놓인 꽃다발을 상징한다. 당시 소년·소녀 소설에 흔하게 등장하는 입신양명이나 권

3 『ゆめはるか吉屋信子』, 田辺聖子, 朝日文庫, 2002

선징악은 없었다. 그저 한번 듣고 나면 기억 저편에 새겨져 오래도록 잊을 수 없을 것만 같은 신비로운 이미지가 남을 뿐이다. 이 초기 일곱 편이 소녀들의 마음을 울리며 큰 호응을 얻어 연재가 계속되었다. 작가 자신도 예상치 못한 일이었다. 소녀 팬들은 노부코의 〈꽃 이야기〉가 언제까지나 끝나지 않았으면 좋겠다는 엽서를 보내왔다. 소녀들의 바이블은 그렇게 독자와 함께 만들어졌다.

연재가 끝나고 15년이 흘러 재발행된 〈꽃 이야기〉 개정판 서문에서 저자는 이렇게 밝혔다.

"내가 지금처럼 여성 소설가로 세상에 나설 수 있게 된 가장 큰 요인은 〈꽃 이야기〉에 있다. 말하자면 이 책이야말로 내 생애의 출발점이자, 나의 문필 생활에 있어서 그리운 요람이었다. 내가 문학으로 나가는 길은 이 이야기를 통해 비로소 어둠에서 빛이 밝아왔다."[4]

요시야 노부코의 소녀 소설은 소설의 다양성 측면에서도 강렬한 색채를 띠었다. 여성이 더는 남성 중심 사회나 국가 시스템의 도구가 아닌 주체자로 목소리를 내기 시작했다. 여성의 내면에 깃든 욕망과 욕구가 빛을 내기 시작하는 순간이었다. 기성 문단은 통속성이 강한 작가로 치부했지만 독자들은 요시야 노부코를 원했고 그 인기는 한동안 사회 현상이 될 정도로 지속되었다. 이는 곧 노부코가 글을 써서 먹고사는, 여성으로서 스스

4 『花物語-上』(1939년에 작성한 서문 일부), 河出文庫, 2009

로 자립할 수 있는 자격을 얻었다는 뜻이었다.

『물망초』와 근대 소녀

〈꽃 이야기〉의 성공 이후 요시야 노부코는 본격적으로 'S 소설'을 쓰기 시작한다. 1928년 『새벽의 성가』, 1930년 『홍작새』, 1931년 『꽃조개』, 1932년 『물망초』에 이르는 장편 소녀 소설이 잡지 『소녀의 벗』에 연재되었고 지금으로 치면 소녀 만화나 텔레비전 드라마와 같은 인기를 얻었다. 이 시기 노부코의 소설은 스테레오 타입의 여자 주인공보다는 개성이 강한 소녀들이 세상 속에서 이리저리 충돌하며 자아를 형성해 나가는 작품이 주를 이루었다. 특히 『물망초』는 당시 소녀들의 현실 세계를 반영하여 여자아이들끼리의 특별한 연대감을 이끌어 낸 소설이다. 이 작품에서는 고등여학교라는 작고 유쾌한 공동체 안에서 소녀들 사이의 로맨틱한 관계가 그려진다. 동급생 세 명의 삼각관계를 기반으로 사랑과 우정, 질투와 번민이 섬세하게 묘사된 작품이다. 근대 자본주의에서 군국주의로 접어드는 일본 사회를 배경으로 사춘기 소녀들의 자아 형성을 위한 몸부림도 감지된다.

이야기는 개인주의자 마키코를 중심으로 전개된다. 열네 살의 근대 소녀들이 모인 학급은 예술과 문화를 사랑하는 온건파와 이론과 권위를 중시하는 강경파로 나뉘며 둘 중 어디에도 속하지 않는 중립 지대에 자유주의자들이 있다. 여기서 자유주의는 한 가지 사상이나 주의에 머무르지 않고 자기 의지대로 살아가고자 하는 입장이다. 그중에서도 주인공 마키코는 극소수의 개인주의자인데 '어떤 모임에도 가입하지 않고 고독한 세계에 사는 사람'이다. 한편 마키코를 '나는 나, 양귀비는 양귀비'라는 생각을 가진 독립된 정신의 소유자로 소개하는 장면이 재미있다.

'나는 나, 양귀비는 양귀비'는 시인 기타하라 하쿠슈가 1912년 발표한 『도쿄 경물시 그 외』에 실린 「양귀비 이파리」라는 시의 한 소절이다. 다음은 시 전문이다. "양귀비는 양귀비라 향기도 쓸쓸하네. / 사람이 울건 말건 / 이파리가 어찌 알까. // 사람은 사람이라 수척해지네. / 양귀비가 지건 말건 / 이 몸이 어찌 알까. // 나는 나, / 양귀비는 양귀비, / 아무 인연도 없는 사이이거늘."[5]

이 시가 가곡이 되면서 20년 후에는 개인주의자를 나타내는 관용구로 쓰였다. 나에게는 나의 길이 있고, 너에게는 너의 길이 있으니, 아무 인연도 없는 우리 사이에 무슨 기댈 일이 있겠는가. 다소 무정하게 느껴지지만 각자의 가치를 존중하며 독립적으로 살아가고자 하는 의지가 느껴지는 문구다. 그런데 한편으로는 사람과 양귀비를 굳이 엮어 시와 노래로 만든 것을 생각

5 芥子は芥子ゆゑ香もさびし。/ ひとが泣かうと゛泣くまいと / なんのその葉が知るものぞ。// ひとはひとゆゑ身のほそる、/ 芥子がちらふとちるまいと、/ なんのこの身が知るものぞ。// わたしはわたし、/ 芥子は芥子、/ なんのゆかりもないものを。

해 보면 단순하게만 읽을 수는 없다는 생각이 든다. 아무 인연도 없는 사이이거늘, 쓸쓸한 꽃향기 옆에서 사람은 울고, 수척해지는 사람 옆에서 꽃잎이 진다. 언뜻 인연이 전혀 없어 보이는 이파리와 몸도 한 편의 시, 하나의 시공으로 이어져 있다.

열네 살 마키코가 제아무리 혼자 고독하게 살기로 마음먹었다 해도 세상의 인연은 어떻게든 얽히기 마련이다. 영영 인연이 닿지 않을 줄 알았던 양귀비 같은 요코가 마키코를 사랑하게 된 이상은……. 온건파 여왕 요코는 당시 근대 소녀에게 제공된 프랑스발 다카라즈카 소녀 가극단의 레뷰나 미국발 할리우드 영화와 같은 문화를 향유하며 자본주의의 최상위층에서 마음껏 쾌락을 즐기는 소녀로 등장한다. 공부보다는 사랑을, 책임이나 의무보다는 멋과 자유를 쫓아 살아가는 유형이다. 그런 요코가 일기장에 제멋대로 목표를 세운다. '그 사람을 정복하는 게 지금 내 삶에서 가장 즐겁고 흥미로운 일이다. 열심히 노력해서 반드시 성공하리라.' 사랑이라기보다는 차라리 무소불위의 권력자가 휘두르는 감정이다. 클레오파트라라는 별명 그대로다. 그토록 강경하게 홀로 노선을 지키던 개인주의자 마키코도 요코의 기세에 압도당해 힘을 쓰지 못한다. 동급생들은 "마키코는 강한 줄 알았는데 요코를 만나니 저렇게 되네. 문어처럼 흐물흐물해졌어."라고 할 정도다. 하지만 체면이고 뭐고 다 내던지고 오직 마키코 하나만을 사랑하는 요코가 얄미워 보이지만은 않는다. 한 사람을 향한 순수한 마음이란 그런 것일까. 두 소녀 사이에는 어느새 미묘한 감정이 싹튼다.

어둑한 나무 그늘 아래에서 흑장미를 닮은 마키코를 가만히 바라보던 요코는 작은 면 레이스 손수건을 꺼내 마키코의 뺨 부근을 닦아 주었다.

"미안해, 아까부터 내 맘대로 끌고 다녀서. 약간 땀이 났지?"

그때——, 마키코는 상냥하게 땀을 닦아 주는 요코의 손수건에서 풍기는 짙은 향수 냄새를 느꼈다.

"물망초 향수야, 마음에 드니? 이 향기……."

마키코는 말이 없었다. 이럴 때 무슨 말을 하면 좋을지, 평소에 연습해 본 적이 없어서 뭐라 대답해야 할지 알 수 없었다.

"만약 네가 이 냄새를 좋아한다면, 나는 언제든 이 향수만 쓸 거야."

마키코는 긴장해서 몸이 굳어 버렸다.

이 물망초 향기는 작품 전체를 관통하고 있다. 널리 알려진 것처럼 물망초는 '나를 잊지 말아요.'라는 세계적으로 공통된 꽃말을 가지고 있다. 꽤나 구체적이고 서정적이다. 일본어로 '와스레나구사'는 한자로 '말 물(勿)'에 '잊을 망(忘)'과 '풀 초(草)'를 쓰며 한중일이 공통된 꽃 이름을 쓴다. 영어인 'forget-me-not'도 독일어 'Vergissmeinnicht'의 역어로 드물게 동서양이 같은 뜻을 지닌 명칭이다. 『물망초』 외에도 〈꽃 이야기〉는 물론 『홍작새』에서도 물망초는 중요한 상징을 지닌 꽃이다. '나를 잊지 말라'는 메시지에 어떤 특별한 의도가 있는 것일까.

'S 관계'는 언제나 한계가 있다. 여학교 시절은 지나고 나면 돌아오지 않는다. 어린 날의 뜨거웠던 사랑도 여름날 한철 바닷가 수영 합숙소에서 보냈던 시간처럼 추억이 되고 만다. 저자는 여자아이들에게, 또는 어른이 된 여성들에게 그날을 잊지 말라, 그날의 당신을 잊지 말라는 말을 하고 싶었던 것은 아닐까. 『물망초』 서문에서 "이 세상의 여자아이가 한 번은 지났을 법한, 그런 날도 있었지—— 하고 미소 지을 법한, 혹은 멀리 떠나온 자신의 어린 시절을 그리워하며 쓸 법한 것들. 아아, 보랏빛 한 송이 물망초를 그대 두 손에 드립니다."라는 마치 책에 꽂아 둔 누른 꽃과 같은 글귀도 떠나온 그 시절을 잊지 말아 달라는 당부로 들린다.

그렇다면 노부코에게는 왜 사춘기 소녀 시절이 그토록 소중했을까. 주인공 마키코는 권위적인 아버지와의 불화 속에서 장차 이뤄야 할 꿈에 대한 고민에 휩싸여 있다. 자아가 형성되는 중요한 시기에 마키코의 미래는 안개로 가득하다. 그때 서점에서 눈이 번쩍 뜨이는 책을 발견하는 멋진 경험을 한다.

"엄마, 나 오늘 멋진 책을 찾았어. 그런데 영어로 쓰여 있더라고. 아직 읽을 수가 없어서 정말 아쉬웠어. 하지만 제목은 읽을 줄 알아. What should we do! 우리는 무엇을 할 것인가. 그런 뜻이지? 무슨 내용이 쓰여 있을까. 빨리 읽을 수 있으면 좋겠어."

마키코는 그 책 제목을 생각하고 있다는 사실을 얼른 어머니에게 말하고 싶었다.

"그건 아마 톨스토이가 인간의 의무에 대해 쓴 논문이 아닐까 싶네."

어머니는 지식이 상당한 사람이었다.

"맞아, 엄마 대단해. 거기 대체 뭐라고 쓰여 있어?"

마키코가 눈을 반짝이자 어머니는 웃으며 말했다.

"그건 모르겠어. 그저 그런 책이 있다는 걸 언젠가 어떤 잡지에서 소개했던 것 같아. 마키코가 어서 열심히 공부해서 읽은 뒤에 엄마한테 알려 주렴."

"응, 그럼 나 엄마 몫까지 읽어야겠네. 그런데 정말로 인간은 태어나서 무엇을 해야만 할까?"

마키코의 지식욕은 눈동자와 함께 반짝이며 타올랐다. 그때 아버지의 목소리가 들렸다.

"마키코, 그런 책은 읽지 않아도 다 안다. 인간은 무엇을 해야 하는가. 사람의 의무는 말이지, 남자는 똑똑하게 머리를 굴려 학문을 하고 과학으로 연구를 거듭해서 업적을 쌓아 인류에 공헌하고, 여자는 결혼해서 가정을 꾸리고 아이를 양육하는 천직이 의무다. 그것 말고는 없어. 알았느냐."

자기 세계를 구축하려 발버둥치는 십 대 소녀에게 드리운 가정 교육의 현실은 암흑 그 자체다. 하지만 아버지의 분부를 고분고분 따를 마키코가 아니다. 인간은 무엇을 할 것인가? 정말 아빠 말대로 그렇게 시시한 내용일까? "——아니, 아니야. 분명 여러 가지 내용이 있을 거야. 여성이 무엇을 해야 하는지, 그런 가슴 뛰는 생생한 이야기들도 틀림없이 많이 적혀 있을 거야——" 하고 그녀는 생각한다. 마키코는 아버지가 구시대적인 사고방식으로 자신을 조종하려 든다는 것을 알고 있다. 한 개인의 존엄에는 남녀의 경계가 없다는 사실도 깨닫고 있다. 마키코는 어떻게든 책을 통해 세상의 여성들이 어떤 식으로 살아가는지 알고 싶어 한다. 그렇게 한 걸음씩 자신의 자아를 발견하려는 것이다. 하지만 현실이 그리 녹록할까.

가즈에는 마키코에게 현실이다. 조직과 시스템의 가르침을 따르는 여성상인 가즈에는 그 시대의 가장 현실적인 인물이다. 현모양처형으로 가족과 사회와 국가에서 올바른 여성상으로 추앙받는 유형이다. 가즈에의 아버지는 유언장에 "너는 장녀이니 책임이 무겁다"며 "때에 따라서는 동생들을 위해 네가 희생하겠다는 각오로 임해다오."라는 말로 딸아이를 옭아매고 어머니는 매년 기일마다 이런 유언장을 읽으며 반복 교육을 시킨다. 가즈에는 그런 부모님을 순순히 따르고 복종한다. 엄마가 돌아가시고 아무도 돌보지 않는 어린 동생까지 있는 마키코는 현실적으로 가즈에와 같은 여자아이의 세계관을 강요당한다. 현실에 발목이 잡힌 꼴이다. 그녀는 할 수만 있다면 그 운명을 거부하고 싶어 한다. 마키코에게는 꿈과 환상도 버릴 수 없기 때문이다.

반면 요코는 마키코에게 꿈과 환상이다. 요코는 마키코를 어디든지 데리고 가서 금기를 깨부수고 마키코에게 환상적인 해방감을 맛보게 해 준다. 마담을 찾아가 최신 드레스를 지어 주고, 호텔에서 고급 요리를 주문하고, 칵테일을 마시고, 요코하마에서 도쿄까지 택시를 타고, 운전사에게 경찰을 따돌리라는 명령을 내린다.

그런──, 여학생 신분에 크게 벗어난 행동을 대담하게 하는 요코가 마키코에게는 아름답게 비쳤다. 요코는 자기보다 나이도 훨씬 많고 세상 경험도 많아서 일본이 아닌 어딘가의, 예를 들면 바그다드의 여왕처럼, 인도의 왕자가 바친 세상 어느 곳이나 꿰뚫어볼 수 있는 수정 구슬이나, 죽은 자를 되살리는 금사과나, 급할 때 비행기처럼 하늘을 날아 도망칠 수 있는 양탄자나, 그런 멋진 보물을 지닌 대단히 신비로운 왕녀처럼 보였다. 요코──. 마키코의 눈에는 세상 어디에도 없는 신통력을 가진 여왕이었다.

마법의 양탄자를 탄 왕녀 요코는 마키코에게 소중한 꿈과 환상이다. 그러나 현실도 꿈만큼이나 중요하다. 꿈이 아름다운 만큼 현실도 버릴 수 없다. 결국 마키코는 둘 중 어느 하나를 선택해야 한다는 소녀의 마음으로 꿈의 요코에게 결별을 고하고 현실의 가즈에와 함께한다. 하지만 마지막에는 물보라 치는 겨울 바다로 달려가 요코의 가슴에 얼굴을 묻고 운다. 마키코는 요코(꿈)와 가즈에(현실), 둘 중 어느 것도 떼어 놓고 살아갈 수 없었던 것이다. 홀로 고독하게 살아갈 수 없는 것이 인간이며, 꿈과 현실 중 어느 것도 소홀할 수 없는 것이 또한 인간이다. 마키코와 요코와 가즈에는 세 유형의 동급생이면서 하나의 공동체이고 셋은 하나의 소녀에게 속한 모든 것인지도 모른다. 어느 하나를 밀어붙이며 살아가는 것만이 진리는 아니었음을 깨달으며 스스로 자의식을 찾아가는 소녀의 모습. 그렇게 자신을 찾아가던 사춘기 시절의 나, 그런 나를 잊지 말라는 듯이 소박한 물망초 한 송이를 들고 노부코는 그렇게 말하고 싶었던 게 아닐까. 혹은 타인에게 하는 말이 아닌, 자신에게 전하는 말로.

여성의 욕망으로 뻗어 나간 작품 세계

소녀 소설로 이름을 알리기 시작한 요시야 노부코의 명성은 가족과 연애를 주제로 한 가정 소설에서 더욱 기세를 떨쳤다. 유년 시절부터 다져진 섬세한 필력은 대중의 욕망을 만족시키기에 충분했다. 그녀는 신문 잡지에 연재한 소설 대부분이 영화화되면서 작가로서 일약 스타로 거듭났다.

대부분 반년에서 일 년 가까이 연재가 계속된 장편 소설이었고 밀려오는 원고 청탁 의뢰에 동시에 여러 편을 집필해야 할 때도 있었다. 소설은 출판하는 족족 화제가 되었으며 작품이 영화화되면 다시금 베스트셀러가 되는 식이었으므로 인세 수익도 막대했다. 당시 문단에서는 어떤 작가보다도 큰 수익을 거둬들이는 요시야 노부코를 질투 어린 시선으로 보는 분위기도 있었다. 바야흐로 1930년대 일본 출판 시장은 퀸 노부코의 시대였다.

요시야 노부코 소설의 강점은 여성의 입장에서 남녀의 모습을 그렸다는 점이었다. 대부분은 여자가 여자를 사랑하는 입장으로, 남자에게 희생당하는 여자의 패턴을 무너뜨리려 고군분투하는 작품들이었고 이는 기존의 패러다임을 완전히 바꿔 놓는 것이었다. 그중에서도 고등여학교 동창생 세 여성이 졸업 후 결혼을 하면서 저마다 운명에 휘둘리는 『여자의 우정』이 가장 먼저 독자들의 열광적인 지지를 얻었다. 1933년 1월부터 1934년 12월까지 『부인구락부』에 연재된 연애소설로 우유부단한 남성 신노스케를 둘러싸고 세 친구인 유키코, 아야노, 하쓰에 사이에 미묘한 사랑과 우정이 펼쳐지는 내용의 이 소설은 연재 당시 광고문에 "여자에게 진정한 우정이 있느냐며 조소하는 남자들이여 이 책을 보라"는 식으로 새로 다가오는 여자의 시대를 어필했다. 소설 속에서 집이 채소 가게인 하쓰에는 말괄량이에 왈가닥이다. 혼고 서점을 운영하는 아버지 밑에서 자라는 아야노는 일찍 어머니를 여의고 부친의 강요로 여학교를 졸업한 후 바로 결혼한다. 유복한 사업가의 딸 유키코는 여학교 시절 두 친구에게 늘 위로를 받는다. 아야노는 속물근성을 지닌 남편과 성급하게 결혼한 것을 후회하며 이혼하고 유키코에게 "다시는 결혼하지 않을래."라고 말한다. 유키코는 바닷가 모래사장에 불어로 'Je vous aime beaucoup! 나 너를 아주 많이 사랑해!'라고 쓴다. 하쓰에는 친구들에게 선을 본 남자를 보여 주고 멋진 남자라고 인정을 받자 신이 나서 결혼한 후 신혼집에 남편 된 자가 지켜야 할 사항을 붙여 놓는다. 예를 들면 "아침에는 기분이 명랑할 것(남편의 찌푸린 얼굴은 아내의 하루를 엉망으로 만든다)" 같은 식이다. 이 작품에는 남성 중심 사회에서 여성의 우정 공동체는 특별한 의미가 있었으며 여성이 남성을 대하는 태도의 역변에도 통쾌함이 있었다. 이 소설의 열풍은 독자들이 무엇을 원하는지 말해 주는 것이었다.

남녀 독자의 갈채를 받으며 본격적으로 노부코 시대를 연 작품으로 『남편의 정절』이 있다. 이 작품은 1936년 10월부터 1937년 4월까지 「도쿄니치니치신문 · 오사카마이니치신문」에 연재되었다. 노부코의 나이 마흔 때 일로, 이 소설로 인해 신문의 발행 부수가 비약적으로 증가했으며 도서는 물론 영화, 연극, 음반으로 수요가 퍼져 나갔다. 동시대 여성 소설가인 사타 이네코는 이런 글을 남겼다. "『남편의 정절』이 발표되었을 때, 나는 우선 그 제목에 깜짝 놀랐다. 당시는 제도적으로도 정절은 아내에게, 여자에게만 요구되는 덕목이었다. 사회 통념상 정절이라는 단어가 남편에게, 남자에게 결부된다는 생각 자체가 없던 시절이었다. 그걸 콕 집어 '남편의 정절'이라고 드러 낸 것이 요시야 씨의 재치이자 용기였다. 수많은 여성들이 마음속에 품고 있던 끓어오르는 불꽃을 횃불처럼 들어 올린 것이나 마찬가지였다. 여성뿐만 아니라 남성도 깜짝 놀랐으리라."[6]

6 『道の手帖-吉屋信子』, 河出書房新社, 2008(「良人の貞節」という題名, 1975)

줄거리는 이렇다. 구니코와 신야는 부부 사이로 결혼 초 남편 신야는 아내 구니코를 '구니코 씨'라고 불렀지만 어느새 호칭은 '구니코'에서 결혼 4년 만에 '어이'로 전락했다. 고압적이고 일방적으로 완력을 행사하는 가부장적 남편의 모습은 당시 결혼 후 대부분의 여성들이 맞닥뜨리는 현실이었다. 구니코는 여학교를 졸업하고 결혼한 평범한 여성으로 일반적인 성인 여성의 모습을 대변한다. 이때 구니코의 여학교 시절 친구인 카요가 등장한다. 남편 신야의 사촌 동생인 다미오와 결혼한 카요는 남편의 갑작스러운 죽음으로 어린 딸을 홀로 키워야 하는 상황이다. 구니코는 그런 친구에게 강한 동정심을 느끼며 연대하는데, 화려하고 정열적이며 익살스러운 카요는 본디 지닌 성격으로 불행을 딛고 활기차게 살아가고자 하고, 그 와중에 신야와 카요가 불륜을 저지르고 만다. 남편과 친구의 배신을 알게 된 구니코는 분노한다.

당시는 남편에게는 적용되지 않는 간통죄가 아내에게만 요구되던 부조리한 시대였다. 이 작품에서 중견 작가 노부코는 가정에서 수많은 여성들이 겪는 고통 속으로 곧바로 진격해 들어간다. 아내에게 정절을 요구한다면 남편에게도 정절을 요구하는 것이 당연하지 않은가. 여성이 안고 살아가야 하는 고민과 문제를 해부하며 여자와 남자의 도식을 새롭게 규명해 보고자 하는 시도가 노부코의 작품 속에는 있었다. 현실적인 문제와 이상적인 지점을 끊임없이 고민하는 여성 자아는 대중들로부터 강한 공감을 이끌어 냈다. 그렇게 부조리한 사회 밖으로 잠재된 여성의 욕망을 이끌어 냄으로써 요시야 노부코는 펜 하나로 훌륭히 세상에 나서게 되었다. 또한 여성이었지만 그 어떤 남성보다도 부를 거머쥔 작가가 되었다. 여성 독자들에게는 그 존재 자체가 꿈과 환상이었다.

숏 컷·동성애·여성 작가

급기야 요시야 노부코의 이름은 하나의 브랜드가 되었다. 특히 영화 〈남편의 정절〉이 히트하자 노부코 인기를 부채질했다. 여성들의 대변자이자 성공한 리더인 노부코에게 대중의 관심이 모아졌다. 당시로서는 여성에게 흔치 않던 숏 컷에 서양식 패션과 당당한 표정, 결혼하지 않고 좋아하는 여성과 단둘이 사는 '동성애적' 사생활, 카메라니 영사기, 커피 같은 하이칼라 취미며 신주쿠의 저택, 가마쿠라의 별장 등 노부코의 삶을 둘러싼 모든 것이 대중들의 화젯거리였다.

노부코가 숏 컷 헤어를 시작한 건 스물다섯 살 무렵인 1921년부터였다. 요즘 들어 페미니즘 운동이 활발한 국내에도 하나의 상징처럼 여성의 숏 컷 헤어가 늘어나고 있는데, 성인이 된 후 평생 짧은 머리를 고수한 노부코의 선택에는 분명 세상에 던지는 메시지가 있었다. 실제로 노부코는 학창 시절 연극에서 남장을 하고 무대에 선 적이 있는데 그때 소녀 친구들의 열광적인 지지를 얻었던 숏 컷의 기억을 잊지 못한다고 회상했다.[7] 여담이지만 1980년대에 한국에서 유년 시절을 보낸 필자는 내내 숏 컷 헤어였는데 나중에 엄마에게 그 이유를 물어보니, "여자처럼 키우다가 남자들에게 무슨 봉변을 당할지 몰라서"라는 대답이 돌아왔다. 딸의 여성성을 가리고 싶었던 부모의 불안과 스스로 여성성을 벗어 버리고자 했던 노부코의 선택이 어떤 지점에서 교차하고 있다는 생각이 든다. 펜을 든 여성의 아군은 숏 컷 헤어를 휘날리며 남성 우위의 현실을 속속들이 파헤쳤으며 이는 어찌 보면 남성 중심 사회에 대한 철두철미한 도전이었다.

외모뿐만 아니라 사생활에 있어서도 노부코는 남성이 아닌 여성을 평생의 파트너로 삼았다. 지인의 소개로 알게 된 몬마 치요라는 여성이었다. 도쿄사범여학교의 수학 교사였던 치요는 호방하고 당당한 노부코에게 급속도로 빠져들었고 두 사람은 함께 살기에 이른다. 노부코의 살인적인 작업량을 보다 못한 치요는 다니던 학교를 그만두고 평생 노부코의 곁에서 비서이자 자료 조사원, 동반자의 역할을 자처했다. 세간에는 둘 사이가 동성애 관계일 것이라는 추측이 있었지만 작가 자신은 다만 이렇게 말했다. "결혼을 부정하지는 않습니다. 다만 제 성격, 상황, 그 밖의 위치가 독신으로 살아도 외롭지 않게 생활을 엔조이해 갈 수 있다는 자신이 있었기 때문에 결혼하지 않은 것뿐입니다. ……남성을 원망한 적도, 세상을 저주한 적도 없어요. 혼

---

7 『吉屋信子研究』, 竹田志保, 翰林書房, 2018

자 살아갈 수 있다면 그 생활을 계속 이어 가는 게 좋고 그 편이 자연스럽습니다."[8]

요시야 노부코가 동성애자였는지 여부보다는 그녀가 여성끼리의 동성애를 어떻게 인식하고 있었는지가 더 중요한 문제일 것이다. 1925년 발행한 개인 잡지 『흑장미』에는 「어느 우둔한 사람의 이야기」라는 소설이 실려 있다. 시골 여학교에 부임한 여교사 아키코는 여성을 남성의 부속물로 키워 내려는 일본의 여성 교육 현실에 분개하며 이런 주장을 펼친다. "근대적 자아에 눈뜬 여성이 동시대 남성에게서 비슷한 정신적 수준을 기대하기 어려울 때, 그 절망감은 동성애로 흐르기 쉽다. 이것이 '제2의 길'이다. '제1의 길'은 'Sexual connection'을 공유하는 남녀 사이 사랑의 길. '제3의 길'은 사랑하는 파트너 없이 외롭지만 최선을 다해 어떤 일에 투신하며 살아가는 사람들에 속한다. 각각이 가진 그 길을 온 마음으로 추구하며 자아를 찾고 아름다운 사람, 좋은 사람으로 성장해 우주에 무언가를 공헌하고 싶다는 마음으로 살면 되는 것이다."[9] 논리적으로는 극히 이상적이고 합리적으로 보이는 여교사 아키코의 사상이 시골 여학교에서 통용될 리는 없다. 비단 백 년 전 일본의 시골 여학교뿐만 아니라 현대를 살아가는 우리 사회에서도 터부시되는 생각이다. 이처럼 노부코의 동성애에 대한 입장은 완전히 개방적인 것이었으며, 타고난 성 정체성을 넘어 가부장적인 남성 중심 사회가

---

8 『道の手帖-吉屋信子』, 河出書房新社, 2008(中央公論対談, 1950)
9 『ゆめはるか吉屋信子-上』, 田辺聖子, 毎日新聞社, 1999

여성의 동성애 관계를 촉진시킨다는 가능성까지 내다보고 있었다.

당시 남성 작가, 평론가, 기자들은 이런 노부코를 곱지 않은 시선으로 바라보았다. "저는 남편이 필요 없는 사람이에요"라는 말을 공공연히 하고 다니며 성공한 솔로 여성 작가로 대중의 인기를 한 몸에 얻고 있는 그녀는 존재 자체로 남성 중심 사회를 깨부수는 칼이었다. 문단의 권위 있는 남성들은 그런 노부코를 무시하는 것으로 위협에 맞선 측면이 있다. 예를 들어 당대 비평의 신으로 불리던 평론가 고바야시 히데오는 요시야 노부코를 두고 '달달한 말투로 아이들을 현혹하는 작가'라면서 그녀를 향한 부인들의 열광을 어린이의 치기로 치부해 버렸다.

그에 반해 젊은 여성 작가들은 노부코의 집에 모여 문학 연구회를 열고 싶어 했다. 그곳은 주인 행세를 하는 남성 어른이 존재하지 않는 공간이었고, 자유롭게 열린 분위기에서 마음 놓고 하고 싶은 이야기를 할 수 있는 아지트였다. 노부코도 젊은 여성 작가들의 이야기를 듣는 것을 좋아했다. 몬마 치요와 함께 터전을 잡은 도쿄 오치아이 인근에 하야시 후미코, 미야모토 유리코 같은 작가들이 이사를 왔고 자연스럽게 티타임이 이루어졌다. 이런 자리가 훗날 여성 문학자 모임의 모태가 되었다.

평생의 반려, 몬마 치요

요시야 노부코가 20대부터 70대까지 반세기 내내 열정적으로 작품 활동을 할 수 있었던 데에는 몬마 치요라는 여성의 존재가 기여한 바가 크다. 어느 작가의 출판기념회에서 처음 만난 두 사람은 집으로 돌아가는 전철 안에서 지칠 줄 모르고 이야기를 나누었고 서로의 집 주소를 교환했다. 다음 날, 바로 치요가 노부코의 집으로 찾아왔다. 1923년 노부코의 나이 27세 때로 이후 50년 동안 두 사람은 서로 믿고 의지하는 반려로 지냈다.

몬마 치요의 아버지 역시 무사 출신으로 메이지 유신 이후 도쿄에서 국문학을 전공해 훗날 여학교 교장이 된 인물이다. 노부코보다 세 살 어렸던 치요는 아버지의 장서를 읽으며 어린 시절을 보냈다. 이후 그녀는 명문 여학교인 오차노미즈여자사범학교를 졸업하고 도쿄에서 여학교 수학 교사가 되었다. 그녀는 이과를 졸업했지만 문학에도 조예가 깊어 노부코와 깊은 공감대를 형성하며 소통할 수 있었다.

두 사람이 주고받는 연애편지는 마치 『물망초』 속 주인공들처럼 'S 관계'의 순수한 사랑으로 가득했다. 편지 곳곳에서 '사랑하는 사람', '사모하는 마음', '나의 영혼이여——나의 애인'과 같이 들끓는 애정의 언어를 발견할 수 있다. '우리에게 어울리는 사랑을 바라고 있습니다.'라고 하는 편지 구절에서는 노부코와 치요가 만들어 가고자 했던 새로운 사랑의 지평이 엿보인다. 서로를 사랑하고 그리워하며 서로가 서로를 더 나은 사람으로 이끌기 위해 배려하고 지지하는 관계. 이십 대에 그들은 벌써 서로에게서 인생의 동반자라는 확신을 느꼈다. 단 하루도 떨어져 있고 싶지 않은 날들이 이어졌고, 결국 1926년 도쿄 오치아이에 작은 집을 짓고 함께 살게 된다. 돈이 부족해 거금을 빌렸을 정도로 간절했다. 호적을 합칠 방법을 찾다가 노부코가 치요를 양녀로 입적하는 방법을 제안했다. 당시에는 치요의 반대로 무산되었지만 만년에는 실행하여 몬마 치요는 요시야 노부코의 양녀이자 법적 저작권 계승자가 되었다. 만약 동성끼리도 결혼할 수 있는 제도가 마련되어 있었다면 두 사람은 어떤 선택을 했을까. 아무튼 경제적으로 완전히 자립한 두 여성은 세상 사람들의 시선과 상관없이 둘이 함께 살아가는 길을 택했다. 결코 쉽지는 않았으리라. 서로 떨어져서는 살 수 없었기에 단행한 결정이었다. 이번 생애에는 목적 없이 살고 있다고 고백했던 '다락방의 두 처녀'들처럼 노부코와 치요는 '우리는 우리대로, 같이 살아가기로' 한다.

노부코는 모든 것을 치요와 의논했다. 새로 쓸 작품, 영화의 시나리오, 소설을 발표할 지면, 집으로 찾아오는 편집자에게 대접할 먹을거리, 신문에 실린 독자들의 반응, 라디오 대담에서 한 발언이 괜찮았는지 어땠는지 등등. 이런 일화도 있다. 강연을 싫어하는 노부코가 하는 수 없이 참석해야 하는 자리에 가면 치요가 걱정되어서 들으러 왔다가 이렇게 말하곤 했다. "노부코, 오늘 강연 아주 좋았어. 다들 감동하기도 하고 웃기도 하면서 열심히 듣더라. 대성공이야!" 치요가 기쁨에 들떠 그렇게 말해 주면 노부코는 눈물이 날 만큼 기뻐했다. 성공이든 실패든 치요는 가장 먼저 달려와 칭찬하고 응원하며 노부코에게 힘이 되어 주는 존재였다.

치요는 교사를 그만두고 노부코가 작업에만 집중할 수 있도록 생활에 필요한 다른 모든 일을 도맡았다. 노부코는 40대에 접어들면서 과로로 건강이 악화되어 위염, 우울증, 담석, 축농증 등 각종 질병에 시달렸는데 그때마다 치요가 곁에서 헌신적으로 간호했다. 노부코에게 치요는 수호천사와도 같았다. 치요 없이는 노부코의 일상생활이 완전히 마비되는 지경이었고 노부코는 자신이 완전히 믿고 의지하는 동반자가 곁에 있었기에 비로소 반세기 걸친 기나긴 작가 생활을 유지할 수 있었다.

이 두 여성의 '특별한 관계'는 노부코의 생이 다할 때까지 50년 동안 지속되었다. 노부코에게 소중한 것은 오직 소설, 그리고 치요였다. 몬마 치요는 평생을 바쳐 사랑하는 벗이자 애인인 요시야 노부코의 곁을 지켰고 그것은 그녀 말대로 자기 생활을 다 버려야 하는 것이었지만 그 또한 자신이 선택한 가장 최선의 길이자 피해 갈 수 없는 운명이었다. 노부코의 나이 일흔한 살 일기의 한 페이지에는 이런 글이 있다. "치요, 깊은 밤 현관까지 마중을 나와 줘서 기쁘다. 늘 그렇듯이(1967년 1월 26일)." 머리에 새하얗게 서리가 내려앉은 두 할머니가 서로에게 몸을 기대며 집으로 걸어 들어가는 뒷모습이 보이는 듯하다. 노부코와 치요는 마지막까지 서로를 아낌없이 사랑하고 비호하며 서로의 인생에 등대가 되었다.

여성의 역사를 기록한다는 것

만년의 노부코는 다시금 새로운 장르에 도전한다. 『자전적 여류문단사』와 『어느 여인상—근대여류가인전』과 같은 전기물과 『도쿠가와의 부인들』과 『여인 헤이케』 같은 역사물, 「도깨비불」과 「생령」 같은 다소 씁쓸한 전후 단편 소설도 있었다. 그러면서도 『여자와 연륜』 같은 여성 해방을 주장하는 일종의 가정소설을 계속해서 써 나갔다. 노부코의 창작열은 식을 줄을 몰랐다. 본인의 표현에 따르면 자전거를 타고 가다가 우연히 어떤 아름다운 여성을 보았다면, 집에 도착할 때까지 그 여성의 삶 전체를 그려 보게 된다고 한다. 그리고 다음 날도 그다음 날도 생각하는 게 너무도 재미있다는 것이다.

나이가 더 들면서 역사 소설을 쓰고 싶다는 욕망이 생긴 노부코는 70세가 된 1966년부터 「아사히신문」 석간에 『도쿠가와의 부인들』 연재를 시작했다. 그동안 일본의 시대 소설에 남성 권력자의 역사는 많이 기록되었지만 역사 속 여인들이 주체가 된 이야기는 찾아보기 어려웠다. 노부코의 소녀 소설이나 가정 소설도 일상다반사의 묘사와 인물 감정선이 섬세하고 유려하다는 것이 강점인데 그녀는 그 실력을 살려 헤이안 시대며 에도 시대를 배경으로 여성의 역사물을 써 나가기 시작했다. 이 작품은 역사 속 부인들의 감정과 일상의 디테일이 재미를 더해 좋은 평을 얻었다. 노부코는 일흔이 넘는 나이에도 자료 수집을 위해 이곳저곳으로 여행을 떠나는 일을 마다하지 않았고 철

저한 고증을 거쳐 글을 썼다. 『도쿠가와의 부인들』 역시 연재가 끝나자 텔레비전 드라마와 연극으로 만들어지며 인기를 구가했고 속편을 쓰기에 이른다. 당시 일기에는 이런 내용이 쓰여 있었다. "우선 예상했던 것을 뛰어넘는 성공. 단행본은 현재 8만 부. 기쁘다, 감사하다. 새해가 밝으면 속편 쓰기에 뛰어들기를 희망한다." "전력투구의 결실이 있어서 기쁘다. 보람된 작업(1966년 12월 일기)." 일흔한 살이 된 노부코는 평생을 그래 왔듯이 여전히 펜을 들었다. "책상으로 향한다. 늘 그렇듯, 밤늦도록(1967년 4월 17일 일기)."

생애 마지막 작품은 헤이안 시대를 풍미한 장군 다이라노 기요모리의 아내 도키코와 딸들의 이야기를 다룬 『여인 헤이케』다. 『헤이케 모노가타리』는 일본의 중세 문학을 대표하는 작품인데 노부코는 헤이케의 흥망성쇠를 여인들의 시선으로 다루었다. 1971년 3월부터 「아사히신문」에 연재되었고 연재 후 텔레비전 드라마로 방송되었다.

이처럼 노부코는 초년에 여학교와 여학생 기숙사를 묘사하고, 중년에 결혼을 화두로 여자의 가정을 그렸다면, 만년에는 에도 성의 오오쿠(쇼군의 여인들이 기거하던 곳)와 헤이안 시대 무사의 여인들을 재현해 내는 데 힘을 쏟았다. 나이 듦과 함께 변화를 꽤하면서도 언제나 관심의 중심에는 여성의 이야기가 있었다. 독자들은 반세기 내내 여성의 심리를 끈질기게 해부하는 노부코의 작품 세계를 기꺼이 환영했다. 생애 마지막 펜을 놓기 전, 76세의 노부코는 신문에 독자 여러분(주로 여성)에게 띄우는 감사의 편지를 실었다. 그리고 이듬해, 치요의 곁에서 세상을 떠났다.

판본 소개

『물망초』는 실업의일본사[実業之日本社]에서 발행한 여자아이들을 위한 잡지 『소녀의 벗[少女の友]』에 1932년 4월호부터 12월호까지 연재되었다. 당시 특별한 읽을거리가 없던 소년·소녀들에게 전문 잡지는 대단한 인기를 모았으며, 특히 요시야 노부코가 『소녀화보(少女画報)』에 연재한 『꽃 이야기[花物語]』는 여자아이들의 바이블로 불릴 만큼 열광적인 지지를 얻었다. 가장 주목받는 소녀 소설 작가였던 노부코를 잡기 위해 『소녀의 벗』 편집부는 유럽 여행 중인 작가에게 연락을 취하는 공을 들여 계약을 따냈고 『홍작새[紅雀]』와 『꽃조개[桜貝]』에 이어 『물망초』를 연재하기에 이른다. 그중에서도 『물망초』는 가장 완성도 높은 작품으로 알려져 있다.

『물망초』 첫 단행본은 1935년 레이지쓰사[麗日社]에서 발간되었으며, 이후 1940년 실업의일본사에서, 1948년 도와사[東和社]에서, 1960년 포플러사[ポプラ社]에서, 2003년 국서간행회(国会刊行会)에서 각각 재발행했다. 이 책은 2010년 가와데쇼보신사[河出書房新社]에서 발행한 가와데문고를 저본으로 번역하였으며, 국서간행회 판본에 실린 다케모토 노바라[嶽本野ばら] 씨의 주석을 참고로 하였다.

요시야 노부코 연보

1896 1월 12일 니가타현 공무원이던 아버지 유이치와 어머니 마사의 외동딸로 태어났다. 위로 오빠가 네 명 있었고 후에 남동생 둘이 더 태어났다. 부모님 고향은 모우리번(오늘날 야마구치현)이었다. 무사 집안의 장녀였던 어머니는 봉건제 아래 통용되었던 남존여비 사상을 답습한 사람으로 개성이 강했던 성장기의 노부코와 마찰이 심했다.

1902 아버지의 잦은 전근으로 여러 지역을 전전하다 도치기현에 정착하여 도치기제2보통소학교에 입학한다. 인근 교회 주일학교에 다니며 성경과 크리스마스와 같은 서양 문물을 접한다.

1906 도치기고등소학교 입학.

1908 도치기고등여학교 입학. 당시 여학교는 현모양처의 육성이라는 목적이 강했으나 그해 학교 강연회에서 사상가 니토베 이나조[新渡戸稲造]가 "여성도 현모양처가 되기보다는 한 사람의 인간으로서 완성이 중요하다"고 한 말에 감명을 받는다. 오빠들의 서가에서 문학 작품을 꺼내 읽고 문학을 동경한다. 특히 환상 문학의 선구자 이즈미 교카[泉鏡花]의 소설에 심취했다. 이즈음 『소녀세계(少女世界)』와 『소녀계(少女界)』 같은 여자아이들을 위

한 전문 잡지에 짧은 글과 시를 투고하여 자신의 문장이 활자화되는 기쁨을 맛본다.

1910 『소녀계』 현상 공모에서 「울지 않는 북[鳴らずの太鼓]」이 1등에 당선되어 상금 10엔을 받는다. 『소녀세계』에 투고한 글도 연달아 실리며 우수 투고자에 수여하는 메달을 받는다.

1911 소녀 잡지에만 만족할 수 없게 되어 『문장세계(文章世界)』와 『신초(新潮)』 같은 중앙 문예지에도 투고하기 시작한다.

1912 도치기고등여학교 졸업. 문학 공부를 위해 진학하고 싶지만 아버지로부터 "아들이면 몰라도……"라는 실망스러운 말을 듣는다. 어머니 역시 재봉과 다도 등 신부 수업을 강요하지만 그런 가운데 글을 쓰고자 하는 욕망은 커져만 가고 이와 같은 사회 제도 안에서 제각기 다른 운명을 만들어 가는 여자아이들의 이야기를 쓰자고 마음먹는다.

1913 닛코소학교 임시 교원으로 채용되지만 문학에 대한 열망을 접을 수 없어 곧 그만둔다.

1915 아버지가 일본 적십자사 우츠노미야 지부로 직장을 옮기면서 가족이 우츠노미야로 이사한다. 우체통에 원고를 넣고 채택되길 기다리는 만년 투고 생활을 언제까지 계속해야 할지 번민하다가 도쿄제국대학에 재학 중이던 셋째 오빠 다다아키를 좇아 도쿄로 간다. 오빠의 하숙집에 함께 살며 영어를 배우기 위해 어학원에 다닌다. 생업을 마련한 뒤 글을 쓰자고 궁리하지만 뜻대로 되지 않던 차에 여성 작가 오카모토 카노코를 만나 "투고란에 실린 당신의 글을 꽤 오래전부터 애독하고 있다"는 말을 듣고 기쁨에 전율한다. 어린이 잡지 『좋은 친구[良友]』와 『유년세계(幼年世界)』에 동화를 기고하여 고료를 받을 만큼 성장한다.

1916 『소녀화보(少女画報)』 편집부에 보낸 〈꽃 이야기[花物語]〉의 제1화 「은방울꽃[鈴蘭]」이 채택되어 실린 후 잇달아 「달맞이꽃[月見草]」, 「들국화[野菊]」, 「애기동백[山茶花]」, 「수선화[水仙]」

등을 연재해 호평을 받는다. 편집자로부터 당분간 이 테마로 매달 글을 기고해 달라는 청탁을 받고 작업에 임한다. 본래 일곱 편의 단편으로 구상한 〈꽃 이야기〉는 여학생 독자들의 마음을 사로잡으며 8년 동안 총52화가 연재될 만큼 큰 인기를 끌었으며 이 작품으로 '소녀 소설'이라는 새로운 장르를 연다.

1917 다다아키가 졸업하고 취직하면서 침례교회에서 운영하는 도쿄 요쓰야의 여학생 기숙사로 거처를 옮겼다. 교회에 다니면서 주일학교 교사가 되어 아이들과 이야기할 기회를 얻는다. 『소녀화보』, 『좋은 친구』, 『유년세계』 같은 잡지에 기고하고 그동안 집필했던 동화를 모아 첫 단행본 『붉은 꿈』을 자비 출판한다.

1918 같은 기숙사에서 훗날 가수로 성공하는 사토 치야코와 둘이서 아사쿠사로 영화를 보러 갔다가 기숙사에서 쫓겨난다. 이후 노부코는 간다에 있는 기독교여자청년회(YWCA) 기숙사에 들어간다. 이때 겪은 자신의 동성애 경험이 『다락방의 두 여자[屋根裏の二処女]』를 쓰는 계기가 되었다. 사립 보모 양성소에 입학해 교육을 받으면서 여성의 자유와 독립을 둘러싼 여성 문제에 관심을 갖게 된다.

1919 「오사카아사히신문[大阪朝日新聞]」 장편 소설 현상 공모에 출품할 글을 쓰기 위해 다다아키의 직장이 있는 홋카이도로 거처를 옮기고 5월부터 7월까지 3개월 동안 『지상 끝까지[地の果まで]』 집필에 몰두한 후 응모한다. 이후 아버지가 위독하시다는 전보를 받고 오빠와 함께 집으로 향하지만 혼수 상태에 빠진 아버지는 다음 날 세상을 떠난다. 그 슬픔에서 벗어나기 위해 써 내려간 작품이 『다락방의 두 여자』다. 12월에는 『지상 끝까지』가 1등에 당선되었다는 통보를 받는다. 이 성과로 소설가로 살겠다는 확신을 갖는다. 이후 어머니, 남동생과 우쓰노미야에 거주한다.

1920 「오사카아사히신문」에 『지상 끝까지』 연재(1월~6월)가 시작되

고 이어서 자비로 『다락방의 두 여자』를 출간한다. 이후 『신초』 3월호에 「미스 R과 나[ミスRと私]」를, 『문장세계』 7월호에 「자매[姉妹]」를 발표하면서 본격적으로 작가 활동을 시작한다. 아울러 〈꽃 이야기〉 단행본 상하권이 간행되어 베스트셀러가 된다. 서구 문명을 받아들인 신세대 소녀 문학의 등장이었다. 어머니, 남동생과 함께 도쿄 스가모에 사는 큰오빠 사다이치의 집으로 이사한다.

1921 「도쿄아사히신문[東京朝日新聞]」과 「오사카아사히신문」에 『지상 끝까지』의 후속편인 『바다 끝까지[海の極みまで]』를 연재한다(7월~12월). 이듬해 이 작품이 영화화하면서 활동 반경이 급속도로 확장된다. 도쿄로 전근을 온 셋째 오빠 다다아키를 따라 혼고로 이사한다. 이즈음 당시 여성에게 흔치 않던 숏 컷 헤어스타일로 바꾸고 이를 평생 고수했다.

1923 도쿄의 고등여학교 여교사 몬마 치요[門馬千代]를 알게 된다. 서로 가까운 벗으로 지내다가 일생토록 함께 살았다. 훗날 몬마 치요는 노부코의 양녀로 호적에 입적되어 저작권 계승자가 된다. 『부인의 벗[婦人の友]』에 나가사키 취재를 기반으로 기독교 탄압 이후 한 가족의 변천을 그린 『장미화관[薔薇の冠]』을 연재(7월 호~이듬해 7월 호)하여 호평을 얻는다.

1925 개인 잡지 『흑장미(黒薔薇)』를 창간하여(1월 호~8월 호) 소설과 비평을 실었다. 이 잡지에 연재한 장편 『어느 우둔한 사람의 이야기[ある愚しきものの話]』는 남성우월주의 사회에 분개하고 여학교의 폐해를 고발한 작품이었다.

1926 도쿄 오치아이에 자택을 짓고 몬마 치요와 동거한다. 이후 교사를 그만둔 치요는 노부코의 스케줄을 담당하는 개인 비서이자 평생의 반려가 되었다. 『부인구락부(婦人具楽部)』에 『실낙의 사람들[失楽の人々]』을 연재한다(5월호~11월호).

1927 『주부의 벗[主婦の友]』에 『하늘 저편에[空の彼方へ]』를 연재(2

월 호~이듬해 4월 호). 이 무렵부터 신문과 잡지에 장편 집필 의뢰가 쇄도하고 조금씩 순문학에서 멀어져 통속 소설로 흘러간다.

1928 카이조사 『현대일본문학전집』에서 시작된 엔본붐(한 권에 1엔인 전집 붐) 영향으로 신초사 『현대장편소설전집—요시야 노부코 편』도 막대한 수익을 거둬 2만 엔이라는 거액의 인세를 손에 넣는다. 이 인세로 몬마 치요와 함께 프랑스로 떠나 1년 동안 파리에 거주한다. 이때 시베리아 횡단열차를 이용했는데 도중에 모스크바에서 작가 미야모토 유리코를 만난다.

1929 로마, 런던 등지를 여행하고 미국, 하와이를 거쳐 귀국한다.

1930 귀국하는 배에서 구상한 『폭풍우의 장미[暴風雨の薔薇]』를 『주부의 벗』에 연재(1월 호~이듬해 12월 호), 여성 독자들로부터 호평을 얻는다. 문예 비평 대상에는 오르지 않는 잡지와 신문 등에 대중소설 연재로 바쁜 나날을 보낸다.

1932 『소녀의 벗』에 『물망초[わすれなぐさ]』 연재(4월 호~12월 호).

1933 『부인구락부』에 『여자의 우정[女の友情]』을 연재(1월 호~이듬해 12월 호), 여성 주인공을 중심으로 한 가정 소설로 폭발적인 인기를 모으며 일약 스타 작가 반열에 오른다. 잇달아 『주부의 벗』에 『하나의 정절[一つの貞節]』 연재(8월 호~1935년 12월 호). 정력적으로 소설을 써 나가며 원숙미를 더한 대중 소설가로 위치를 굳힌다.

1934 『고단구락부(講談倶楽部)』에 『추억의 장미[追憶の薔薇]』 연재(4월 호~이듬해 2월 호). 『소녀구락부(少女倶楽部)』에 『이런 길 저런 길[あの道この道]』 연재(4월 호~이듬해 2월 호).

1935 『부인구락부』에 『속 · 여자의 우정』 연재(2월 호~12월 호). 이제까지의 작품을 총망라한 『요시야 노부코 전집[吉屋信子全集]』 전 12권이 신초사에서 간행되었다. 『주부의 벗』에 『남자의 속죄[男の償い]』 연재(7월 호~1937년 6월 호). 신주쿠에 새 집을 짓고 몬마 치요와 함께 이사한다.

1936 「요미우리신문[読売新聞]」에 『여자의 계단(女の階段)』 연재(4월~9월). 「도쿄니치니치신문[東京日日新聞]」과 「오사카니치니치신문[大阪日日新聞]」에 『남편의 정절[良人の貞節]』 연재(10월~이듬해 4월). 이 작품이 장안의 화제가 되면서 요시야 노부코 시대를 구가한다.

1937 『남자의 정절』이 단행본으로 간행되고 영화로도 개봉하여 큰 인기를 끈다. 『주부의 벗』 전속 작가로 계약하면서 소설을 쓰는 한편 전쟁이 한창인 중국에 종군 기자로 파견된다.

1938 「도쿄니치니치신문」과 「오사카마이니치신문」에 『가정일기(家庭日記)』를 연재(2월~7월). 8월에 『주부의 벗』 특파원으로 소련 만주 국경에 파견된다. 9월에는 해군 종군 기자로 중국 한구에 파견. 『요시야 노부코 선집[吉屋信子選集]』 전 11권이 발간된다.

1939 「도쿄니치니치신문」과 「오사카마이니치신문」에 『여자의 교실[女の教室]』 연재(1월~8월). 봄, 가마쿠라에 별장을 짓는다. 『주부의 벗』에 『미망인(未亡人)』 연재(7월 호~이듬해 12월 호). 9월 『여자의 교실』 단행본 간행.

1940 『주부의 벗』 특파원으로 만주로 향한다. 이 무렵 노부코를 중심으로 여성 문학자 모임이 결성되고 하야시 후미코, 우노 치요, 하세가와 시구레 등이 참가한다. 「도쿄니치니치신문」과 「오사카마이니치신문」에 『꽃[花]』을 연재한다(11월~이듬해 4월). 12월, 노부코가 선별한 『여성작가10가선(女流作家十佳撰)』 간행. 『주부의 벗』 특파원으로 인도네시아로 향한다.

1941 2월 귀국. 6월 단행본 『꽃』 간행. 7월 영화 〈꽃〉 개봉. 10월에는 『주부의 벗』 특파원으로 베트남에 간다. 12월 8일 영미와 전쟁을 개시한 사실을 알고 비행기로 귀국한다.

1944 건강 악화로 요양 차 가마쿠라 별장에 살며 독서와 하이쿠로 위안을 삼는다. 다카하마 교시의 문하에 들어가 하이쿠를 쓰고 『호토토기스』에 시를 싣는다.

1945 3월 10일 도쿄 대공습으로 비워 두었던 신주쿠의 집이 소실된다. 5월에는 가와바타 야스나리와 다카미 준 등 가마쿠라에 사는 문인들이 문을 연 책방 가마쿠라문고에 참여한다. 8월 15일 종전. 여성 문학자 모임이 재개되고 노부코가 회장이 된다.

1946 출판사가 된 가마쿠라문고는 잡지 『부인문고(婦人文庫)』를 창간, 노부코가 『화조(花鳥)』를 연재한다(6월 호~이듬해 6월 호). 사회 부흥이 시작되면서 신흥 잡지들이 발행되어 다시 장편 소설 집필에 들어간다.

1947 『소설구락부(小說俱楽部)』에 발표한 「파도 소리[海潮音]」로 대중 잡지 간담회상을 수상한다.

1949 「마이니치신문[毎日新聞]」에 『아내의 방[妻の部屋]』 연재(4월~이듬해 5월). 『부인구락부』에 『여자의 달력[女の暦]』 연재(10월 호~이듬해 5월 호).

1950 어머니 마사 사망. 도쿄 치요다구에 새 집을 짓고 이주·질적으로 향상된 창작 활동을 다짐한다.

1951 『부인구락부』에 『겐지모노가타리—우리 할머니가 들려주신 이야기[源氏物語—わが祖母の教え給いし]』 연재(7월 호~1954년 6월 호). 「마이니치신문」에 『아다치가의 사람들[安宅家の人々]』 연재(8월~이듬해 2월).

1952 단편소설 「도깨비불[鬼火]」로 여성문학자상 수상. 순문학 권외에 있던 노부코에게는 기쁜 소식이었다. 그해 주오코론사에서 나온 단행본 『도깨비불』에는 「학(鶴)」, 「겨울 기러기[冬雁]」, 「생령(生霊)」 등 단편소설 7편이 수록되어 요시야 문학의 새로운 경지를 보여 주었다.

1953 6월 하와이 여행. 일본인 이민 역사를 취재하여 「2세의 어머니[二世の母]」(『선데이 마이니치[サンデー毎日]』 10월 호)를 발표하고 『고락의 정원[苦楽の園]』(「중부일본신문(中部日本新聞)」 12월~이듬해 6월)을 연재했다.

1954 「여자의 환상[嫗の幻想]」(『문예춘추(文藝春秋)』 8월 호) 발표.

1955 7사 연합 신문 소설로 『나는 알고 있다[私は知っている]』 연재(6월~12월).

1957 몬마 치요를 양녀로 입적시킨다. 『아다치가의 사람들』이 프랑스어로 번역된다.

1962 가마쿠라에 새로 집을 짓고 한산한 환경에서 마음 가는 대로 작업에 정진한다. 여성 시인이나 작가에 대한 다양한 전기와 에세이를 집필하며 새로운 분야로 나아간다. 10월 『자전적 여성문단사(自伝的女流文壇史)』 간행.

1963 「아사히신문[朝日新聞]」에 열 명의 하이쿠 시인을 그린 『내가 본 사람[私の見た人]』 연재(2월~7월).

1964 7월 『슬픈 하이쿠 시인들[憂愁の俳人たち]』 간행. 「요미우리신문」에 『시대의 목소리[ときの声]』 연재(11월~이듬해 4월).

1965 시대에 휘둘리면서도 자신의 인생을 살아낸 여성들을 주인공으로 하는 역사 소설 창작에 만년을 불태운다. 남성 작가들이 중심이 되었던 역사 소설에 적지 않은 불만을 품고 있었기에 여성 중심 역사 소설을 쓰고자 정력적으로 집필에 몰두했다. 12월 『어느 여인의 초상—근대여성가인전[ある女人像—近代女流歌人伝]』 간행.

1966 「아사히신문」 석간에 연재한 『도쿠가와의 부인들[徳川の夫人たち]』이 큰 성공을 거둔다(1월~10월).

1967 「아사히신문」 일요일판 『속 · 도쿠가와의 부인들』 연재(3월~이듬해 4월). 11월 기쿠치 칸 상 수상.

1970 『주간아사히[週間朝日]』에 『여인 헤이케[女人平家]』 연재(7월~이듬해 10월), 집필 중 건강이 악화되었으나 완결 지었다.

1971 3월 『여인 헤이케』 간행(아사히신문사). 가부키자에서 〈여인 헤이케〉 상연. 9월 『속 · 여인 헤이케』 간행. 아사히방송제작 드라마 〈여인 헤이케〉 방영(10월~이듬해 2월).

1973 7월 11일 가마쿠라에서 암으로 별세. 가마쿠라 대불상 뒤편 무덤가에 묻혔으며 묘비 왼편에 '가을의 등불 책상 위로 흐르는 산과 강이여[秋灯机の上の幾山河]'라는 자작 하이쿠 비석이 세워졌다. 가마쿠라 자택과 장서는 가마쿠라시에 기증되었고 현재 요시야 노부코 기념관으로 남아 있다.

새롭게 을유세계문학전집을 펴내며

을유문화사는 이미 지난 1959년부터 국내 최초로 세계문학전집을 출간한 바 있습니다. 이번에 을유세계문학전집을 완전히 새롭게 마련하게 된 것은 우리가 직면한 문화적 상황에 적극적으로 대응하기 위해서입니다. 새로운 을유세계문학전집은 세계문학의 역할이 그 어느 때보다 중요해졌다는 인식에서 출발했습니다. 오늘날 세계에서 타자에 대한 이해는 우리의 안전과 행복에 직결되고 있습니다. 세계문학은 지구상의 다양한 문화들이 평등하게 소통하고, 이질적인 구성원들이 평화롭게 공존할 수 있는 문화적인 힘을 길러 줍니다.

을유세계문학전집은 세계문학을 통해 우리가 이런 힘을 길러 나가야 한다는 믿음으로 만들어졌습니다. 지난 5년간 이를 준비하기 위해 많은 노력을 기울였습니다. 세계 각국의 다양한 삶의 방식과 문화적 성취가 살아 있는 작품들, 새로운 번역이 필요한 고전들과 새롭게 소개해야 할 우리 시대의 작품들을 선정했습니다. 우리나라 최고의 역자들이 이들 작품 속 한 문장 한 문장의 숨결을 생생히 전하기 위해 심혈을 기울였습니다. 또한 역자들은 단순히 번역만 한 것이 아니라 다른 작품의 번역을 꼼꼼히 검토해 주었습니다. 을유세계문학전집은 번역된 작품 하나하나가 정본(定本)으로 인정받고 대우받을 수 있도록 최선을 다했습니다. 세계문학이 여러 경계를 넘어 우리 사회 안에서 주어진 소임을 하게 되기를 바라며 을유세계문학전집을 내놓습니다.

을유세계문학전집

1. 마의 산(상)　토마스 만 | 홍성광 옮김
2. 마의 산(하)　토마스 만 | 홍성광 옮김
3. 리어 왕 · 맥베스　윌리엄 셰익스피어 | 이미영 옮김
4. 골짜기의 백합　오노레 드 발자크 | 정예영 옮김
5. 로빈슨 크루소　대니얼 디포 | 윤혜준 옮김
6. 시인의 죽음　다이허우잉 | 임우경 옮김
7. 커플들, 행인들　보토 슈트라우스 | 정항균 옮김
8. 천사의 음부　마누엘 푸익 | 송병선 옮김
9. 어둠의 심연　조지프 콘래드 | 이석구 옮김
10. 도화선　공상임 | 이정재 옮김
11. 휘페리온　프리드리히 횔덜린 | 장영태 옮김
12. 루쉰 소설 전집　루쉰 | 김시준 옮김
13. 꿈　에밀 졸라 | 최애영 옮김
14. 라이겐　아르투어 슈니츨러 | 홍진호 옮김
15. 로르카 시 선집　페데리코 가르시아 로르카 | 민용태 옮김
16. 소송　프란츠 카프카 | 이재황 옮김
17. 아메리카의 나치 문학　로베르토 볼라뇨 | 김현균 옮김
18. 빌헬름 텔　프리드리히 폰 쉴러 | 이재영 옮김
19. 아우스터리츠　W. G. 제발트 | 안미현 옮김
20. 요양객　헤르만 헤세 | 김현진 옮김
21. 워싱턴 스퀘어　헨리 제임스 | 유명숙 옮김
22. 개인적인 체험　오에 겐자부로 | 서은혜 옮김
23. 사형장으로의 초대　블라디미르 나보코프 | 박혜경 옮김
24. 좁은 문 · 전원 교향곡　앙드레 지드 | 이동렬 옮김
25. 예브게니 오네긴　알렉산드르 푸슈킨 | 김진영 옮김
26. 그라알 이야기　크레티앵 드 트루아 | 최애리 옮김
27. 유림외사(상)　오경재 | 홍상훈 외 옮김
28. 유림외사(하)　오경재 | 홍상훈 외 옮김
29. 폴란드 기병(상)　안토니오 무뇨스 몰리나 | 권미선 옮김
30. 폴란드 기병(하)　안토니오 무뇨스 몰리나 | 권미선 옮김
31. 라 셀레스티나　페르난도 데 로하스 | 안영옥 옮김

32. 고리오 영감 오노레 드 발자크 | 이동렬 옮김
33. 키 재기 외 히구치 이치요 | 임경화 옮김
34. 돈 후안 외 티르소 데 몰리나 | 전기순 옮김
35. 젊은 베르터의 고통 요한 볼프강 폰 괴테 | 정현규 옮김
36. 모스크바발 페투슈키행 열차 베네딕트 예로페예프 | 박종소 옮김
37. 죽은 혼 니콜라이 고골 | 이경완 옮김
38. 워더링 하이츠 에밀리 브론테 | 유명숙 옮김
39. 이즈의 무희 · 천 마리 학 · 호수 가와바타 야스나리 | 신인섭 옮김
40. 주홍 글자 너새니얼 호손 | 양석원 옮김
41. 젊은 의사의 수기 · 모르핀 미하일 불가코프 | 이병훈 옮김
42. 오이디푸스 왕 외 소포클레스 | 김기영 옮김
43. 야쿠비얀 빌딩 알라 알아스와니 | 김능우 옮김
44. 식(蝕) 3부작 마오둔 | 심혜영 옮김
45. 엿보는 자 알랭 로브그리예 | 최애영 옮김
46. 무사시노 외 구니키다 돗포 | 김영식 옮김
47. 위대한 개츠비 프랜시스 스콧 피츠제럴드 | 김태우 옮김
48. 1984년 조지 오웰 | 권진아 옮김
49. 저주받은 안뜰 외 이보 안드리치 | 김지향 옮김
50. 대통령 각하 미겔 앙헬 아스투리아스 | 송상기 옮김
51. 신사 트리스트럼 섄디의 인생과 생각 이야기 로렌스 스턴 | 김정희 옮김
52. 베를린 알렉산더 광장 알프레트 되블린 | 권혁준 옮김
53. 체호프 희곡선 안톤 파블로비치 체호프 | 박현섭 옮김
54. 서푼짜리 오페라 · 남자는 남자다 베르톨트 브레히트 | 김길웅 옮김
55. 죄와 벌(상) 표도르 도스토예프스키 | 김희숙 옮김
56. 죄와 벌(하) 표도르 도스토예프스키 | 김희숙 옮김
57. 체벤구르 안드레이 플라토노프 | 윤영순 옮김
58. 이력서들 알렉산더 클루게 | 이호성 옮김
59. 플라테로와 나 후안 라몬 히메네스 | 박채연 옮김
60. 오만과 편견 제인 오스틴 | 조선정 옮김
61. 브루노 슐츠 작품집 브루노 슐츠 | 정보라 옮김
62. 송사삼백수 주조모 엮음 | 김지현 옮김
63. 팡세 블레즈 파스칼 | 현미애 옮김
64. 제인 에어 샬럿 브론테 | 조애리 옮김
65. 데미안 헤르만 헤세 | 이영임 옮김

66. 에다 이야기 스노리 스툴루손 | 이민용 옮김
67. 프랑켄슈타인 메리 셸리 | 한애경 옮김
68. 문명소사 이보가 | 백승도 옮김
69. 우리 짜르의 사람들 류드밀라 울리츠카야 | 박종소 옮김
70. 사랑에 빠진 여인들 데이비드 허버트 로렌스 | 손영주 옮김
71. 시카고 알라 알아스와니 | 김능우 옮김
72. 변신 · 선고 외 프란츠 카프카 | 김태환 옮김
73. 노생거 사원 제인 오스틴 | 조선정 옮김
74. 파우스트 요한 볼프강 폰 괴테 | 장희창 옮김
75. 러시아의 밤 블라지미르 오도예프스키 | 김희숙 옮김
76. 콜리마 이야기 바를람 샬라모프 | 이종진 옮김
77. 오레스테이아 3부작 아이스퀼로스 | 김기영 옮김
78. 원잡극선 관한경 외 | 김우석 · 홍영림 옮김
79. 안전 통행증 · 사람들과 상황 보리스 파스테르나크 | 임혜영 옮김
80. 쾌락 가브리엘레 단눈치오 | 이현경 옮김
81. 지킬 박사와 하이드 씨 · 존 니컬슨 로버트 루이스 스티븐슨 | 윤혜준 옮김
82. 로미오와 줄리엣 윌리엄 셰익스피어 | 서경희 옮김
83. 마쿠나이마 마리우 지 안드라지 | 임호준 옮김
84. 재능 블라디미르 나보코프 | 박소연 옮김
85. 인형(상) 볼레스와프 프루스 | 정병권 옮김
86. 인형(하) 볼레스와프 프루스 | 정병권 옮김
87. 첫 번째 주머니 속 이야기 카렐 차페크 | 김규진 옮김
88. 페테르부르크에서 모스크바로의 여행 알렉산드르 라디셰프 | 서광진 옮김
89. 노인 유리 트리포노프 | 서선정 옮김
90. 돈키호테 성찰 호세 오르테가 이 가세트 | 신정환 옮김
91. 조플로야 샬럿 대커 | 박재영 옮김
92. 이상한 물질 테레지아 모라 | 최윤영 옮김
93. 사촌 퐁스 오노레 드 발자크 | 정예영 옮김
94. 걸리버 여행기 조너선 스위프트 | 이혜수 옮김
95. 프랑스어의 실종 아시아 제바르 | 장진영 옮김
96. 현란한 세상 레이날도 아레나스 | 변선희 옮김
97. 작품 에밀 졸라 | 권유현 옮김
98. 전쟁과 평화(상) 레프 톨스토이 | 박종소 · 최종술 옮김
99. 전쟁과 평화(중) 레프 톨스토이 | 박종소 · 최종술 옮김

100. 전쟁과 평화(하) 레프 톨스토이 | 박종소·최종술 옮김

101. 망자들 크리스티안 크라흐트 | 김태환 옮김

102. 맥티그 프랭크 노리스 | 김욱동·홍정아 옮김

103. 천로 역정 존 번연 | 정덕애 옮김

104. 황야의 이리 헤르만 헤세 | 권혁준 옮김

105. 이방인 알베르 카뮈 | 김진하 옮김

106. 아메리카의 비극(상) 시어도어 드라이저 | 김욱동 옮김

107. 아메리카의 비극(하) 시어도어 드라이저 | 김욱동 옮김

108. 갈라테아 2.2 리처드 파워스 | 이동신 옮김

109. 마담 보바리 귀스타브 플로베르 | 진인혜 옮김

110. 한눈팔기 나쓰메 소세키 | 서은혜 옮김

111. 아주 편안한 죽음 시몬 드 보부아르 | 강초롱 옮김

112. 물망초 요시야 노부코 | 정수윤 옮김

을유세계문학전집은 계속 출간됩니다.

을유세계문학전집 연표

BC 458 **오레스테이아 3부작**
아이스퀼로스 | 김기영 옮김 | 77 |
수록 작품 : 아가멤논, 제주를 바치는 여인들, 자비로운 여신들
그리스어 원전 번역
서울대 선정 동서고전 200선
시카고 대학 선정 그레이트 북스

BC 434/432 **오이디푸스 왕 외**
소포클레스 | 김기영 옮김 | 42 |
수록 작품 : 안티고네, 오이디푸스 왕, 콜로노스의 오이디푸스
그리스어 원전 번역
「동아일보」 선정 '세계를 움직인 100권의 책'
서울대 권장 도서 200선
고려대 선정 교양 명저 60선
시카고 대학 선정 그레이트 북스

1191 **그라알 이야기**
크레티앵 드 트루아 | 최애리 옮김 | 26 |
국내 초역

1225 **에다 이야기**
스노리 스툴루손 | 이민용 옮김 | 66 |

1241 **원잡극선**
관한경 외 | 김우석·홍영림 옮김 | 78 |

1496 **라 셀레스티나**
페르난도 데 로하스 | 안영옥 옮김 | 31 |

1595 **로미오와 줄리엣**
윌리엄 셰익스피어 | 서경희 옮김 | 82 |
미국대학위원회 선정 SAT 추천 도서

1608 **리어 왕·맥베스**
윌리엄 셰익스피어 | 이미영 옮김 | 3 |

1630 **돈 후안 외**
티르소 데 몰리나 | 전기순 옮김 | 34 |
국내 초역 「불신자로 징계받은 자」 수록

1670 **팡세**
블레즈 파스칼 | 현미애 옮김 | 63 |

1678 **천로 역정**
존 번연 | 정덕애 옮김 | 103 |

1699 **도화선**
공상임 | 이정재 옮김 | 10 |
국내 초역

1719 **로빈슨 크루소**
대니얼 디포 | 윤혜준 옮김 | 5 |

1726 **걸리버 여행기**
조너선 스위프트 | 이혜수 옮김 | 94 |
미국대학위원회가 선정한 고교 추천 도서 101권
서울대학교 선정 동서양 고전 200선

1749 **유림외사**
오경재 | 홍상훈 외 옮김 | 27, 28 |

1759 **신사 트리스트럼 섄디의 인생과 생각 이야기**
로렌스 스턴 | 김정희 옮김 | 51 |
노벨연구소 선정 100대 세계 문학

1774 **젊은 베르터의 고통**
요한 볼프강 폰 괴테 | 정현규 옮김 | 35 |

1790 **페테르부르크에서 모스크바로의 여행**
A. N. 라디셰프 | 서광진 옮김 | 88 |

1799 **휘페리온**
프리드리히 횔덜린 | 장영태 옮김 | 11 |

1804 **빌헬름 텔**
프리드리히 폰 쉴러 | 이재영 옮김 | 18 |

1806 **조플로야**
샬럿 대커 | 박재영 옮김 | 91 |
국내 초역

1813 **오만과 편견**
제인 오스틴 | 조선정 옮김 | 60 |

1817 **노생거 사원**
제인 오스틴 | 조선정 옮김 | 73 |

1818 **프랑켄슈타인**
메리 셸리 | 한애경 옮김 | 67 |
뉴스위크 선정 세계 명저 10
옵서버 선정 최고의 소설 100
미국대학위원회 선정 SAT 추천 도서

1831 **예브게니 오네긴**
알렉산드르 푸슈킨 | 김진영 옮김 | 25 |

1831 **파우스트**
요한 볼프강 폰 괴테 | 장희창 옮김 | 74 |
서울대 권장 도서 100선
미국대학위원회 SAT 권장 도서

1835 **고리오 영감**
오노레 드 발자크 | 이동렬 옮김 | 32 |
서머싯 몸 선정 세계 10대 소설
연세 필독 도서 200선

1836 **골짜기의 백합**
오노레 드 발자크 | 정예영 옮김 | 4 |

1844 **러시아의 밤**
블라지미르 오도예프스키 | 김희숙 옮김 | 75 |

1847 **워더링 하이츠**
에밀리 브론테 | 유명숙 옮김 | 38 |
서머싯 몸 선정 세계 10대 소설
서울대 선정 동서 고전 200선
미국대학위원회 SAT 권장 도서

1847 **제인 에어**
샬럿 브론테 | 조애리 옮김 | 64 |
연세 필독 도서 200선
미국대학위원회 SAT 권장 도서
BBC 선정 영국인들이 가장 사랑하는 소설 100선
「가디언」 선정 가장 위대한 소설 100선

사촌 퐁스
오노레 드 발자크 | 정예영 옮김 | 93
국내 초역

1850 **주홍 글자**
너새니얼 호손 | 양석원 옮김 | 40 |

1855 **죽은 혼**
니콜라이 고골 | 이경완 옮김 | 37 |
국내 최초 원전 완역

1856 **마담 보바리**
귀스타브 플로베르 | 진인혜 옮김 | 109 |

1866 **죄와 벌**
표도르 도스토예프스키 | 김희숙 옮김 | 55, 56 |
미국대학위원회 SAT 권장 도서
하버드 대학교 권장 도서

1869 **전쟁과 평화**
레프 톨스토이 | 박종소·최종술 옮김 | 98, 99, 100 |
뉴스위크, 가디언, 노벨연구소 선정
세계 100대 도서

1880 **워싱턴 스퀘어**
헨리 제임스 | 유명숙 옮김 | 21 |

1886 **지킬 박사와 하이드 씨 · 존 니컬슨**
로버트 루이스 스티븐슨 | 윤혜준 옮김 | 81 |

작품
에밀 졸라 | 권유현 옮김 | 97 |

1888 **꿈**
에밀 졸라 | 최애영 옮김 | 13 |
국내 초역

1889 **쾌락**
가브리엘레 단눈치오 | 이현경 옮김 | 80 |
국내 초역

1890 **인형**
볼레스와프 프루스 | 정병권 옮김 | 85, 86 |
국내 초역

1896 **키 재기 외**
히구치 이치요 | 임경화 옮김 | 33 |
수록 작품 : 섣달그믐, 키 재기, 탁류, 십삼야, 갈림길, 나 때문에

1896 **체호프 희곡선**
안톤 파블로비치 체호프 | 박현섭 옮김 | 53 |
수록 작품 : 갈매기, 바냐 삼촌, 세 자매, 벚나무 동산

1899 **어둠의 심연**
조지프 콘래드 | 이석구 옮김 | 9 |
수록 작품 : 어둠의 심연, 진보의 전초기지, 『청춘과 다른 두 이야기』 작가 노트, 『나르시서스호의 검둥이』 서문
미국대학위원회 SAT 권장 도서
연세 필독 도서 200선

맥티그
프랭크 노리스 | 김욱동·홍정아 옮김 | 102 |

1900 **라이겐**
아르투어 슈니츨러 | 홍진호 옮김 | 14 |
수록 작품 : 라이겐, 아나톨, 구스틀 소위

1903 **문명소사**
이보가 | 백승도 옮김 | 68 |

1908 **무사시노 외**

구니키다 돗포 | 김영식 옮김 | 46 |
수록 작품 : 겐 노인, 무사시노, 잊을 수 없는 사람들, 쇠고기와 감자, 소년의 비애, 그림의 슬픔, 가마쿠라 부인, 비범한 범인, 운명론자, 정직자, 여난, 봄 새, 궁사, 대나무 쪽문, 거짓 없는 기록
국내 초역 다수

1909 **좁은 문 · 전원 교향곡**

앙드레 지드 | 이동렬 옮김 | 24 |
1947년 노벨 문학상 수상 작가

1914 **플라테로와 나**

후안 라몬 히메네스 | 박채연 옮김 | 59 |
1956년 노벨 문학상 수상 작가

1914 **돈키호테 성찰**

호세 오르테가 이 가세트 | 신정환 옮김 | 90 |

1915 **변신 · 선고 외**

프란츠 카프카 | 김태환 옮김 | 72 |
수록 작품 : 선고, 변신, 유형지에서, 신임 변호사, 시골 의사, 관람석에서, 낡은 책장, 법 앞에서, 자칼과 아랍인, 광산의 방문, 이웃 마을, 황제의 전갈, 가장의 근심, 열한 명의 아들, 형제 살해, 어떤 꿈, 학술원 보고, 최초의 고뇌, 단식술사
서울대 권장 도서 100선
연세 필독 도서 200선
미국대학위원회 SAT 권장 도서

1915 **한눈팔기**

나쓰메 소세키 | 서은혜 옮김 | 110 |

1919 **데미안**

헤르만 헤세 | 이영임 옮김 | 65 |
1946년 노벨 문학상 수상 작가
1946년 괴테상 수상 작가

1920 **사랑에 빠진 여인들**

데이비드 허버트 로렌스 | 손영주 옮김 | 70 |

1924 **마의 산**

토마스 만 | 홍성광 옮김 | 1, 2 |
1929년 노벨 문학상 수상 작가
서울대 권장 도서 100선
연세 필독 도서 200선
「뉴욕타임스」 선정 '20세기 최고의 책 100선'
미국대학위원회 SAT 권장 도서

송사삼백수

주조모 엮음 | 김지현 옮김 | 62 |

1925 **소송**

프란츠 카프카 | 이재황 옮김 | 16 |

1925 **요양객**

헤르만 헤세 | 김현진 옮김 | 20 |
수록 작품 : 방랑, 요양객, 뉘른베르크 여행
1946년 노벨 문학상 수상 작가
국내 초역 「뉘른베르크 여행」 수록

위대한 개츠비

프랜시스 스콧 피츠제럴드 | 김태우 옮김 | 47 |
미 대학생 선정 '20세기 100대 영문 소설' 1위
모던 라이브러리 선정 '20세기 100대 영문학' 중 2위
미국대학위원회 추천 '서양 고전 100
「르몽드」 선정 '20세기의 책 100선'
「타임」 선정 '20세기 100대 영문 소설'

아메리카의 비극

시어도어 드라이저 | 김욱동 옮김 | 106, 107 |

서푼짜리 오페라 · 남자는 남자다

베르톨트 브레히트 | 김길웅 옮김 | 54 |

1927 **젊은 의사의 수기·모르핀**

미하일 불가코프 | 이병훈 옮김 | 41 |
국내 초역

황야의 이리

헤르만 헤세 | 권혁준 옮김 | 104 |
1946년 노벨 문학상 수상 작가
1946년 괴테상 수상 작가

1928 **체벤구르**

안드레이 플라토노프 | 윤영순 옮김 | 57 |
국내 초역

마쿠나이마

마리우 지 안드라지 | 임호준 옮김 | 83 |
국내 초역

1929 **첫 번째 주머니 속 이야기**

카렐 차페크 | 김규진 옮김 | 87 |

베를린 알렉산더 광장

알프레트 되블린 | 권혁준 옮김 | 52 |

1930 **식(蝕) 3부작**

마오둔 | 심혜영 옮김 | 44 |
국내 초역

1930 **안전 통행증·사람들과 상황**
보리스 파스테르나크 | 임혜영 옮김 | 79 |
원전 국내 초역

1934 **브루노 슐츠 작품집**
브루노 슐츠 | 정보라 옮김 | 61 |

1935 **루쉰 소설 전집**
루쉰 | 김시준 옮김 | 12 |
서울대 권장 도서 100선
연세 필독 도서 200선

물망초
요시야 노부코 | 정수윤 옮김 | 112

1936 **로르카 시 선집**
페데리코 가르시아 로르카 | 민용태 옮김 | 15 |
국내 초역 시 다수 수록

1937 **재능**
블라디미르 나보코프 | 박소연 옮김 | 84 |
국내 초역

1938 **사형장으로의 초대**
블라디미르 나보코프 | 박혜경 옮김 | 23 |
국내 초역

1942 **이방인**
알베르 카뮈 지음 | 김진하 옮김 | 105 |
1957년 노벨 문학상 수상 작가

1946 **대통령 각하**
미겔 앙헬 아스투리아스 | 송상기 옮김 | 50 |
1967년 노벨 문학상 수상 작가

1949 **1984년**
조지 오웰 | 권진아 옮김 | 48 |
1999년 모던 라이브러리 선정 '20세기 100대 영문학'
2005년 「타임」 선정 '20세기 100대 영문 소설'
2009년 「뉴스위크」 선정 '역대 세계 최고의 명저' 2위

1954 **이즈의 무희·천 마리 학·호수**
가와바타 야스나리 | 신인섭 옮김 | 39 |
1952년 일본 예술원상 수상
1968년 노벨 문학상 수상 작가

1955 **엿보는 자**
알랭 로브그리예 | 최애영 옮김 | 45 |1955년 비평가상 수상

1955 **저주받은 안뜰 외**
이보 안드리치 | 김지향 옮김 | 49 |
수록 작품 : 저주받은 안뜰, 몸통, 술잔, 물방앗간에서, 올루야크 마을, 삼사라 여인숙에서 일어난 우스운 이야기
세르비아어 원전 번역
1961년 노벨 문학상 수상 작가

1962 **이력서들**
알렉산더 클루게 | 이호성 옮김 | 58 |

1964 **개인적인 체험**
오에 겐자부로 | 서은혜 옮김 | 22 |
1994년 노벨 문학상 수상 작가

아주 편안한 죽음
시몬 드 보부아르 | 강초롱 옮김 | 111 |

1967 **콜리마 이야기**
바를람 샬라모프 | 이종진 옮김 | 76 |
국내 초역

1968 **현란한 세상**
레이날도 아레나스 | 변선희 옮김 | 96 |
국내 초역

1970 **모스크바발 페투슈키행 열차**
베네딕트 예로페예프 | 박종소 옮김 | 36 |
국내 초역

1978 **노인**
유리 트리포노프 | 서선정 옮김 | 89 |
국내 초역

1979 **천사의 음부**
마누엘 푸익 | 송병선 옮김 | 8 |

1981 **커플들, 행인들**
보토 슈트라우스 | 정항균 옮김 | 7 |
국내 초역

1982 **시인의 죽음**
다이허우잉 | 임우경 옮김 | 6 |

1991 **폴란드 기병**
안토니오 무뇨스 몰리나 | 권미선 옮김 | 29, 30 |
국내 초역
1991년 플라네타상 수상
1992년 스페인 국민상 소설 부문 수상

1995 **갈라테아 2.2**
리처드 파워스 | 이동신 옮김 | 108 |
국내 초역

1996 **아메리카의 나치 문학**
로베르토 볼라뇨 | 김현균 옮김 | 17 |
국내 초역

1999 **이상한 물질**
테라지아 모라 | 최윤영 옮김 | 92 |
국내 초역

2001 **아우스터리츠**
W. G. 제발트 | 안미현 옮김 | 19 |
국내 초역
전미 비평가 협회상 브레멘상
「인디펜던트」 외국 소설상 수상
「LA타임스」, 「뉴욕」, 「엔터테인먼트 위클리」 선정 2001년 최고의 책

2002 **야쿠비얀 빌딩**
알라 알아스와니 | 김능우 옮김 | 43 |
국내 초역
바쉬라힐 아랍 소설상
프랑스 툴롱 축전 소설 대상
이탈리아 토리노 그린차네 카부르 번역 문학상
그리스 카바피스상

2003 **프랑스어의 실종**
아시아 제바르 | 장진영 옮김 | 95 |
국내 초역

2005 **우리 짜르의 사람들**
류드밀라 울리츠카야 | 박종소 옮김 | 69 |
국내 초역

2016 **망자들**
크리스티안 크라흐트 | 김태환 옮김 | 101 |
국내 초역